克 拉 丽 丝 · 李 斯 佩 克 朵 作 品

A PAIXÃO SEGUNDO G.H.

G.H. 受难曲

Clarice
Lispector

〔巴西〕克拉丽丝·李斯佩克朵 著

闵雪飞 译

人民文学出版社
PEOPLE'S LITERATURE PUBLISHING HOUSE

著作权合同登记号　图字 01-2025-1680

Clarice Lispector
A paixão segundo G.H.

图书在版编目(CIP)数据

G.H.受难曲 ／ (巴西)克拉丽丝·李斯佩克朵著；
闵雪飞译. -- 北京：人民文学出版社，2024（2025. 5重印）.
(克拉丽丝·李斯佩克朵作品). -- ISBN 978-7-02
-019061-4

Ⅰ. I777.45

中国国家版本馆 CIP 数据核字第 2024WF2761 号

责任编辑　朱卫净　欧雪勤
封面设计　钱　珺

出版发行　人民文学出版社
社　　址　北京市朝内大街 166 号
邮政编码　100705

印　　制　山东临沂新华印刷物流集团有限责任公司
经　　销　全国新华书店等

开　　本　889 毫米×1194 毫米　1/32
印　　张　6.25
字　　数　100 千字
版　　次　2024 年 10 月北京第 1 版
印　　次　2025 年 5 月第 2 次印刷

书　　号　978-7-02-019061-4
定　　价　46.00 元

如有印装质量问题,请与本社图书销售中心调换。电话:010 - 65233595

致可能的读者

这本书有如任何一本书。

但是，如果它能为拥有成熟心灵之人所读，我会感到开心。

拥有成熟心灵的人，知晓接近是一件缓慢而痛苦的事，无论接近什么。甚至要穿过接近之物的反面。唯有拥有成熟心灵的人，才能渐渐地理解这本书不会夺走任何人与任何事。

比如我，G.H. 这个人物渐渐地给予我一种艰难的快乐；但是仍可称之为快乐。

——C.L.

一个完整的生命可能是以完全认同非我而结束，以至于自我不会消亡。

——伯纳德·贝伦森

我在寻找，我在寻找。我在努力理解。我试图将我活过的一切告诉一个人，我不知道那个人是谁，但我不想一个人保存我活过的一切。我不知道该拿我活过的一切怎么办，我害怕这深深的无序。我不相信发生在我身上的事。发生了一件事，而我因为不知道如何经历，竟去经历了另一件事？我想把这称为"失序"，这样我可以放心地去冒险，因为我知道我可以返回：返回原来的秩序。我宁愿称之为"失序"，因为我不想肯定我活过的一切——在自我肯定中，我将失去我曾拥有的世界，而我知道我没有能力创造出另一个世界。

如果我肯定了自己，认定了自己的真实，我就会迷失，因为我不知道在哪里安放自己全新的存在方式——如果我在零零碎碎的幻想中前行，那么整个世界必须改变，方能把我容装其中。

我失去了某样曾经对我至关重要的东西，它不再属于我。于我，它不再必要，就像失去了第三条腿，之前我曾因为它而无法行走，但又因为它而成为了一只稳定的三脚架。我失去了第三条腿。我又回到了我从未成为的自己。我又拥有了从前不曾拥有的东西：只有两条腿。我知道，只有依靠两条腿，我才能走路。但那无用的第三条腿既令我怀念，又令我害怕，正是那第三条腿让我成为我自己可以找到的东西，甚至无需自己寻找。

　　因为失去了不需要的东西，我才变成无序？在我崭新的怯懦之中——怯懦是最新发生在我身上的事，是我最大的冒险，我那怯懦的疆域如此广袤，只有巨大的勇气才能引领我接受它——在我崭新的怯懦之中，就像清晨在陌生人家中醒来，我不知道我有没有勇气一走了之。迷失自我很难。迷失自我太过艰难，因此，可能我会迅速寻摸到一个找到自我的方式，即便找到自我将再一次成为我生命中的谎言。就在刚才，找到自我尚且意味着具有人的观念并将我容纳其中：我变身为这个有序之人，甚至不曾感觉过构建生活的巨大努力。我对人的观念来自我的第三条腿，那条令我支撑在地面的腿。但是现在呢？我会更自由吗？

　　不。我知道我还不能自由地感觉，我知道，我之所以再次思考，是因为我把找寻当作目标，出于安全起见，我会将遇到出路的那一刻称为找寻。为什么我没有勇气只找寻进路呢？啊！我知道我已经进入，我知道。但是，我很害怕，因为我不知道这条进路通向何处。从前，除非我知道通往何处，不然，我从不肯凭人引领。

然而，昨天，我失去了人之构成，连着几个小时。如果我有勇气，我会任我迷失下去。但是我害怕新事物，我害怕体验我不理解的东西——我总想确保我至少以为我理解，我不想投身于茫然无措。如何解释我最大的恐惧正是关乎于：存在？然而并没有另一条路。如何解释我最大的恐惧正是活其所是？如何解释我无法忍受观看，只是因为生命并非如我所想，而是另一种样子——仿佛我之前知道什么是生活一般！为什么观看成了至大的无序？

以及幻灭。对什么幻灭？倘若我无法忍受我全新的构成，甚至无法感觉到，那又该如何？也许，幻灭是恐惧于不能归属于某个系统。然而，也可以这样说：一个人很快乐，因为他终于幻灭了。从前，我所成为的人并不美好。但正是从这份不美好之中，我组织起了最为美好的东西，这就是希冀。从我自身的恶中，我创造了未来的善。此刻的恐惧是因为我的新方式没有意义？但为什么不追随发生之事的指引呢？我必须去承担偶然那神圣的危险。我用或然性代替了命运。

　　然而，难道童年时的发现正如同置身于一间实验室？在那里，想发现什么，就会发现什么。难道是成年后我有了恐惧，才制造出了第三条腿？但是，作为成年人，我有孩子一般的勇气来迷失自我吗？迷失自我意味着找寻但又不知该如何对待找到的一切。要用两条腿走路，不再有缚住我的第三条腿。而我希望被缚住。我不知道怎么面对这可能摧毁我的可怕的自由。但是，当我被束缚住时，我真的快乐吗？还是，在我那幸福的囚徒般的日复一日之中，存在着，真的存在着，那隐而不出却又蠢蠢欲动的东西？还是，存在着，真的存在着，那样悸动的东西？而我早已习惯，竟认为悸动意味着成为一个人。是吗？都是，都是。

　　我感到很害怕，因为我意识到几个小时之内我就已失去了人的形状。我不知道是否有另一个人形来取代失去的那个。我知道我必须万分小心，不能潦草使用那崭新的第三条腿，它会重生，易如野草，而且，不能将这条保护性的腿称为真实。

　　但是，我也不知道该将什么形式赋予我所发生的事。没有形式，一切不存。然而，如果真实就是一切都不存在呢？可能什么都没有发生？我只能理解发生在我身上的事，但只有我理解的事才会发生，其余的我又知道什么？其余的并不存在。也许一切都不存在！也许我所发生的只是一场缓慢而巨大的解体？而我对这场解体的抵御正是试图于此刻赋予它一种形式？用一种形式来规避混乱，用一种形式构造不定的本质——无限肉体的妄想是疯子的妄想，但是如果我把肉体切成碎块，再将它们按天与饥饿分配，那样肉体便不再是毁灭与疯狂，而是将再一次成为变成人的生命。

变成人的生命。我将生命太过变成人了。

但我现在该怎么办？我该保留这个妄念，即便这意味着拥有无法理解的真理？还是，我应该将形式赋予空无，成为将自身的解体融入自我的方式？但是我对理解准备不足。从前，每每尝试，我的极限都会令我身体不适，一思考就会头痛。很早我便被迫承认这是智慧贫乏引发的头痛，但我对此并无悲叹，我踏上了相反的路。那时我就已知道，少思是我的命定，思考会将我局限于皮肤之内。那么，现在，我该如何开启思考？也许，唯有思考能拯救我，我害怕激情。

既然我不得不拯救明日，既然我不得不拥有一个形式，因为我没有强壮到保持失序，既然我命中注定需要框住这具怪异的无限肉体，并将它切成与我的嘴以及我视野的大小等同的碎块，既然我命中注定要俯仰于对形式的需求，因为我害怕被人限定——那么，至少让我拥有勇气，令这个形式自己形成，就像结痂自己变硬，就像火焰星云自己在地上冷却。至少让我拥有勇气，能够抵御创造一种形式的诱惑。

我将全力以赴，以便让一种意义浮出水面，无论到底为何。如果我假装为某个人写作，这种意义会让事情变得容易。

但是，我害怕为了想象中的某个人能够理解而开始创作，我害怕以一种温顺的疯狂来"制造"意义，尽管直至昨日，它仍然是我为融入一个系统而采取的灵丹妙药。难道我将不得不鼓起勇气，以一颗失去保护的心，面向空无与无人说话？就像一个孩子，面对空无思考，冒着被偶然碾死的危险。

我不明白我看到了什么。我甚至不知道是否真的看到，因为我的眼睛无法区分自身与所看到的事物。唯有通过一次意料之外的轮廓颤动，只有通过出现在我的文明那不可中断的连续性中的一次异常，在那一瞬间，我感受到活生生的死亡。至纤至细的死亡令我抚摸起那张禁忌的生命织网。禁止说出生命之名。而我却几近说出。我几乎无法从这张织网中脱困，这是我的时代在我内心中的毁灭。

也许，我发生的事是一种理解——而为了让我变得真实，我必须继续无法达到它的高度，我必须继续无法理解它。每一次突兀的理解都像极了急剧的不理解。

不。每一次突兀的理解最终都是对急剧的不理解的启示。

每一次找到都是自我的迷失。也许发生在我身上的是一种宛如无知一般的全然的理解，而我将从中走出，毫发无伤、纯洁无瑕，一如既往。我的任何理解都永远无法达到这种理解的高度，因为活着是我所能达到的唯一高度——活着是我唯一的水平线。但此刻，此刻，我知道了一个秘密。我开始忘记了，我觉得我已经开始忘记了……

为了再次知道，此刻，我需要再次死亡。知道也许是对我人类灵魂的一场谋杀。我不想这样，不想。能拯救我的或许是投身于新的无知，这很可能发生。因为就在我为知晓而奋斗之时，我那全新的无知，亦即遗忘，变作了神圣。我是圣女，守护着一个秘密，而我不再知晓那是什么。我侍奉着遗忘的危险。我知道了我不能理解的东西，我的嘴被封住了，只剩下一些无法理解的仪式片段。尽管我第一次感觉到我的遗忘终于企及了世界的高度。啊！我甚至不想听人向我解释那些事物，那些如果需要解释就必须出离自身的事物。我不希望听人向我解释那些事物，那些一再需要人类认证才能获得解释的事物。

生与死曾是我的，我曾是个怪物。我的勇气属于一个只会前行的梦游者。迷失的时光中，我曾拥有勇气，不去构建，也不去组织，尤其不去预见。直到那时，我依然没有勇气，任凭自己被未知所引导，朝向未知前行：我之预见提前规定了我之所见。那并不是对愿景的预见：那是我的忧虑的形貌。我的预见将我与世界隔绝。

几个小时后，我放弃了。上帝啊！我得到了我不愿得到的。我并非行走于一条河谷之中——我曾以为我会找到如河谷一般肥沃丰润的事物。我没有料想到这巨大的错过。

为了继续做人，我将以遗忘作为牺牲？如今，我会知道如何在一些人平凡的面容上辨认出——辨认出他们已经遗忘。他们甚至不知道自己忘记了什么。

我看见了。我知道我看见了，因为我没有赋予我之所见以任何意义。我知道我看见了——因为我不理解。我知道我看见了——因为我之所见毫无用处。听我说，我不得不说，因为我不知道该如何处理我曾经的生活。更糟的是：我不喜欢我看到的一切。我之所见击溃了我的日常生活。告诉你这些，我很抱歉，我真的希望看到的是美好的事物。请拿走我的所见，将我从这无用的愿景与无用的罪孽中解救出来。

我害怕极了，只有想象有个人向我伸出了手，我才能接受我的迷失。

向一个人伸出手一向是我期待的幸福。很多次，入睡之前——在那不愿失去意识以进入更大世界的小小斗争中——很多次，在鼓起勇气进入困意的浩渺之前，我都会装作有人向我伸出了手，然后我会前行，前行到那个以酣眠作为形式的巨大的空寂。而当即便如此我依然没有勇气之时，我便做梦了。

进入睡眠与我此刻被迫进入自由的方式如此相像。将自己交付于并不理解的事物形如濒临空无。形如只向前走，就像一个盲女迷失在田野中。这样超自然的事物就是活着。我曾经驯服过这种活着，令它亲切可人。这勇敢的事物是全然地交付自己，用手牵住上帝的那只幽暗之手，进入那个名为天堂的无形之物之中。天堂我并不想要！

只要我在写作或是说话，我就得假装有人握住了我的手。

啊！至少在开始那一刻，只是在开始那一刻。一旦我能放开手，我便会独自前行。此刻，我需要握住你的手——尽管我无法造出你的面庞、你的眼眸、你的嘴唇。但是，即便截掉它，这只手也不会让我害怕。它创生于一种爱的理念，仿佛这只手真的连接着一具身体，如果我看不到它，那是因为我没有能力更深地爱。我尚且无法想象一个整全的人，因为我自己并非整全的人。而如果我并不知道一张面庞需要什么表情，我又如何去想象一张面庞？一旦我能放开你温暖的手，我会独自前行，连同恐惧。恐惧将成为我的责任，直到完成变身，直到恐惧变成光亮。这光亮并非从对美与道德的渴望中产生，如同我之前无知无觉的追求；这是已存在之物自然而然的光亮，正是这种自然的光亮让我恐惧。尽管我知道，这恐惧——这恐惧是因为我要直面事物。

此刻，我在创造你的存在，就像未来，我不知道如何承担一个人死去的风险，死亡是最大的危险，我不知道如何向死亡进发，如何向自己的第一个空无迈出第一步——在这最后而又最初的时刻，我也将创造你未知的存在，与你一起开始死亡，直到我能独自学会不存在，然后我将放开你。此刻，我要抓住你，你那未知而又温暖的生命正在成为我唯一的内在组织，没有你的手，我会觉得我正悬浮于我所发现的巨大空间。这是真实的大小吗？

然而，真实从未对我产生过意义。真实对我毫无意义！因此，我曾经害怕，现在依然害怕。我很无助，我要向你交付一切——好让你把它变成快乐的事物。因为我告诉了你，我会吓到你，并失去你吗？但是，如果我不和你说，我会失去我自己，而因为失去我自己，我也会失去你。

真实没有意义，世界的宏伟让我畏缩。我也许乞求过并得到的东西，却最终令我匮乏，就像一个在世间独行的孩子。那匮乏如此之大，只有将整个宇宙的爱都给我才会安慰我、填充我，只有那样的爱，才能令万物的受精卵与我称之为爱的东西一起震颤。实际上，我只是如此称呼那样事物，我根本不知道它的名字。

我看到的是爱吗？但这爱如此盲目，正如同一只受精卵的爱？是这样的爱吗？那种恐惧，是爱吗？如此中立的爱——不，我不想再说了，说话是急于赋予意义，就像在第三条腿麻木的安全中匆忙地稳定下来。抑或，我只是在拖延开始说话的时间？为什么我什么都不说，只是为了拖延时间？因为害怕。要有勇气冒险，尝试实现我所感受的一切。现在是仿佛我拥有一枚硬币，却不知道它在哪个国家具有价值。

要有勇气，做我要去做的事：说出来。要去以身犯险，承担巨大的惊讶，因为我会感到所说之事的贫乏。刚说出来，我就得立即补充：不是这样的，不是这样的！但是，还需要不害怕荒谬，我一向更喜欢少，而不是多，因为我害怕荒谬：因为有羞耻的撕扯。我拖延着说话的时间。因为害怕吗？

而且因为我没有词语可以去说。

我没有词语可以去说。那么我为什么不沉默呢？然而，如果我不逼迫词语说出，沉默会用波涛将我永远吞没。词语和形式是那块木板，让我在沉默的大浪上漂流。

如果说我在拖延开始，也是因为我没有向导。其他游客的游记没提供多少旅行的事实：所有的信息都不真实得可怕。

我感到一种初步的自由正在慢慢攻陷我……因为迄今为止，我从未如此不害怕缺乏格调：我写下"沉默的大浪"，之前我从不会这样说，因为我一向尊重内在的美与节制。当我说出"沉默的大浪"，我的心谦卑地服从，我接受了它。我会最终失去整个格调系统吗？但这将成为我唯一的收获？我一定是禁锢自己太久，现在竟然仅仅因为不再害怕缺乏美感而感到更加自由……我尚且不能预感我还会收获什么。也许我会慢慢地发觉。此刻，我正在收获第一个隐隐的快乐，这就是发现自己失去了对丑陋的恐惧。这种失去如此之好。宛如甘甜。

我想知道在失去时，我还会得到什么。此刻我并不知道这件事：只有当我自我重生，我才会活下去。

但我又如何自我重生？倘若我不拥有一个可以说出的自然词语，那我就必须创造词语，仿佛去创造我曾发生的过往？

我要去创造我发生的过往。只是因为活着是不可言说的。活着不是可见之物。我必须在生活之上创造。而且不能撒谎。可以创造，不可以撒谎。创造并非想象，而是以身犯险，以拥有真实。理解是一种创造，是我唯一的方法。我需要全力以赴，翻译电报信号——将未知之事翻译成一种我不会的语言，甚至不懂这些信号有何用处。我将用这种梦游的语言说话，因为如果我醒着，这就不是一种语言。

直到创造出我发生之过往的真实。啊！这更像是作图，而不是书写，因为我尝试更多的是复制而不是表达。我需要越来越少地表达自己。这也是我所失去的吗？不，哪怕是我制作雕塑，我也试图复制，只是用手而已。

我会在信号的沉默中迷失吗？会的，因为我知道我是什么人：我从不知道只看需要看的那些。我知道我将惊恐不已，就像一个人，本是瞎子，却睁开了双眼，看见了——但是他看见了什么？一个三角形，没有声息，无法理解。只是因为看到了一个无法理解的三角形，这个人就不再认为自己是盲人吗？

我问自己：如果我用镜片望向黑暗，我会看到比黑暗更多的东西吗？镜片无法穿过黑暗，只能揭示更多黑暗。如果我用镜片望向光明，我将在震惊之中看到更大的光明。我看见了，但我和之前一样目盲，因为我看见的是一个无法理解的三角形。除非我也变成那个三角形，才能在无法理解的三角形中，辨认出我的本源与我的重复。

我在拖延。我知道我所说的一切都是为了拖延——拖延我不得不开始说话的时刻，我知道我没有什么可说的。我在拖延我的沉默。我一生都在拖延沉默？但是现在，出于对词语的鄙视，也许我终于可以说话了。

电报信号。世界布满了天线，而我在捕捉信号。我只能进行语言转写。三千年前，我失去了理智，剩下的只是我的语音片段。我的目盲更甚于以往。我看见了，是的，看见了，我被一个粗暴的真实吓到了：世界最大的恐怖在于它如此鲜活，为了承认我和它一样鲜活——而我最糟糕的发现在于我和它一样鲜活——我必须将我对外部生命的意识抬升到一种对我个人生命犯罪的程度。

对于我之前深刻的道德观——我的道德观是对理解的渴望，正因为我不理解，我才去整理东西，只是在昨天和现在我才发现，我一直以来都拥有深刻的道德：我只承认目的——对于我之前深刻的道德观，我发现了我活得如此生冷，恰如我昨天获得的那缕生冷的光，对于那种道德观，活着那硬邦邦的荣耀是一种恐怖。我之前生活在一个变成人的世界之中，但纯粹的活着已然摧毁了我曾经的道德观吗？

一个全然活着的世界有着地狱一般的力量。

一个全然活着的世界有着地狱一般的力量。

　　昨天早上，当我离开客厅前往女佣的房间，没有任何迹象让我预料到我会发现一个帝国，而我距离它只有一步之遥。一步之遥。我为最初级的生命而做的最初级的斗争将以沙漠动物一般平静但噬人的凶猛徐徐展开。我将在我的内心深处与一种初始的生命等级迎面相逢，它近似于无生命。我，嘴唇因口渴而干裂，然而，我的任何动作都没有暗示过，我会存在。

　　后来，我才想起一句古老的话，多年前我傻傻地记在了脑子里，其实只是一篇文章的副标题，刊登在一本我最后也没读完的杂志上："迷失在峡谷地狱般的炽热中，一位女子绝望地挣扎求生。"没有任何迹象让我预料到我会发生什么。但其实我从不曾拥有察觉事物发展的能力。每当它们发展到高潮，我都会惊讶地发现一个断裂，一个瞬间的爆炸，有日期，而不是不可中断的绵延。

那个早上，进入房间之前，我是什么？我是别人一直当成的那个我，因此，我也自认为如此。我说不出我是什么。但我至少想记起：我当时在做什么？

那是将近上午十点钟，我的公寓已经很久未曾如此地属于我了。前一天，女佣辞职了。没有人说话、走动，没有人制造事端，这栋我几近奢靡地居住的房子在寂静中敞阔起来。我在餐桌旁磨磨蹭蹭——因为知道自己是一个什么样的人正变得无比艰难。然而，我得做出努力，至少要给自己一个从前的形状，以便理解失去这个形状时发生了什么。

我在餐桌边磨磨蹭蹭，做着面包屑球——是这样吗？我需要知道，我需要知道我是什么！我是这样的：我漫不经心地把面包屑做成小球，我最近那段平静的爱情关系友好而亲切地结束了，我又一次品尝到了自由那无味而又幸福的滋味。这一切界定了我吗？我是一个讨人喜欢的人，我拥有真诚的友谊，意识到这一点让我和自己建立了愉快的友情，而我并未因此丧失对自己的某种讽刺，虽然并非是自我苛刻。

但是——我的寂静从前是什么样的，我不知道，从来没有知道过。有时，看着海滩上或聚会时的即时相片，以微微的讽刺感，我觉察到那张浅笑而灰败的面庞揭示了我：寂静。从我这里逃走的一种沉默与一种命运，我，活着或死去帝国的象形碎片。当我看向照片，我看到了神秘。不。我会失去余下的对坏格调的恐惧，我将开始训练我的勇敢，活着不是勇敢，知道自己在活着才是勇敢——而我要说，在我的照片中，我看到了**神秘**。讶然微微地攻陷了我，唯有在此刻，我方知晓攻陷我的是讶然：那浅笑的双眸中有一种寂静，我只在湖里见过，只在寂静本身中听过。

因此，我从未想过有一天我会与这寂静迎面遭逢。遭逢寂静的碎裂。我匆匆瞥了一眼照片上的面庞，那一刻，那张无可表达的面庞上，无可表达的世界在回望我。这——仅仅是这个——是我和我自身最大的接触吗？是我能企及的寂静的最深深处，是我与世界最盲目最直接的联系。余下的——余下的始终是我自己的组织，现在我知道了，啊！现在我知道了。余下的是我怎么样一点点地变成了那个叫我这个名字的人。我最终成了我的名字。看到行李箱皮革上的首字母 G.H. 就够了，那就是我。对于其他人，我的要求也不超过名字的首字母。况且"心理学"从未吸引过我。心理学的目光让我不胜其烦，无论是过去还是现在，那不过是一种进入的工具。我觉得，我从青春期起就已经脱离了心理阶段。

G.H. 曾活过很多，我的意思是，她经历了很多事。也许我急急忙忙地活过所有我应该活过的事，好让我有时间去……去无所事事地活着？我很早就履行完了感觉的义务，早早地、迅速地拥有了痛苦与快乐——只为尽快摆脱我那人类的卑微命运？我获得自由，是为了追寻我的悲剧。

我的悲剧存身于某处。我更伟大的命运存身于何处？那一种命运不仅仅是我生命的情节。悲剧——更伟大的冒险——从未在我身上实现。我只知道我的个人命运。这正是我想要的。

我向周遭散播着一种宁静，它来自一种成为 G.H. 的成功程度，就连行李箱上都有这个名字。对于我所谓的内在生活，我也毫无感觉地使用了我的名声：我对待自己，就像其他人对待我一般，我是别人从我身上看到的那个人。当我独处时，也并没有落差，只是比与其他人相处时略少一度，对于我，这一直是自然而健康的。这是我的一种美。唯有我的照片摄到了一个深渊？一个深渊。

一个空无的深渊。只有这件巨大而空虚的物事：一个深渊。

我的作为同那些所谓的成功人士一模一样。我在一段无法确定的断断续续的时间里做过雕塑，这给了我一个过去和现在，使得别人可以界定我：他们提起我时，会说那是一个做雕塑的人，如果少点业余感，那作品还算不赖。对于一个女人，这种声誉在社会上已经够了，无论对别人还是我自己，足够将我界定在一个社会上介于女人与男人之间的区域里。这让我可以更加自由地做个女人，因为我不必忙碌于正式成为女人。

至于我所谓的内心生活，也许正是那零散的雕塑给了它一种轻微的临到高潮之感——也许是因为即便是业余艺术也需要某一种专注。抑或，通过从消耗材料中而获得的经验，我竟然逐渐找到了它内在的雕塑；抑或，依然因为通过雕塑，我被迫获得了一种客观，来处理不再是我的一切。

这一切给了我一种轻微的临到高潮之感，知道当我探究物体时，物体中有某样东西会交给我，然后再返还给物体。也许这种临到高潮之感正是我在那张幽灵一般的浅笑照片中看到的，那张脸的词语是无可表达的寂静，所有人的肖像都是一幅蒙娜丽莎的肖像。

那么，关于我，我所能说的一切就仅仅如此吗？我要"真诚"吗？我相对真诚。我从不撒谎，从不制造虚假的真实。但是我过度使用真实作为借口。是将真实当作撒谎的借口吗？对我自己，我可以自我赞美，也可以自曝其短。但是，我得万分小心，不能混淆缺点与真实。我害怕真诚会导致的东西：如果导致我所谓的高贵，我会忽略；如果导致我所谓的卑劣，我也会忽略。我越是真诚，便越会自我赞美，因为偶然的高贵，尤其因为偶然的卑劣。真诚唯独不会让我夸耀小气。我会忽略这点，不仅因为我缺乏自责精神，而且因为我早已原谅了我更重大的更严重的所有错误。小气我也会忽略，因为对我而言，忏悔往往是一种虚荣，即使是伤心的忏悔。

并不是说我希望不被虚荣沾染，而是我需要一处我不在的田野来行走。如果我可以行走。或者，不希望虚荣是最糟糕的虚荣方式？不，我认为我此刻需要的是观看而不在意我的眸色，我需要出离自身去看。

这就是我所成为的一切吗？当我打开门，迎接一位不速之客，从这个看着我的人的脸上，我撞见了人们刚刚在我身上撞见的轻微的临到高潮之感。其他人从我身上接受的东西反射给我，形成一种氛围，被称为：我。直到此时，这种临到高潮之感或许是我的存在。另一个——未知的匿名的存在——我的另一个存在藏得很深，可能是它一直在给我安全感，就像厨房里总有一把在小火上慢煮的茶壶：不管发生了什么，我随时都有热水。

只是水从未沸腾。我不需要暴烈，我加热到够用即可，以至于水从不沸腾，也不溢出。不，我不识得暴烈。我不是为了使命而生，我的性情也不会安排给我任何使命。而且，我的手足够纤弱，从不给我强加任何角色。我不曾把角色强加给自己，但是我组织了自己，以便理解自己，我无法忍受在目录中找不见自己。如果有问题，那我的问题从来不是"我是什么"，而是

"我在什么什么之间"。我的周期完完整整：我现在活过的一切已经得到了制约，以备我以后能理解自己。一只眼睛在监视我的生活。这只眼睛，有时我称之为真实，有时称之为道德，有时称之为人类法则，有时称之为上帝，有时称之为我自己。我更多地活在镜子里。出生两分钟后，我便已失去了我的根脉。

高潮之前的一步，革命之前的一步，所谓爱之前的一步。我的生命之前的一步——由于某种朝着反方向而去的强大磁力，我没有将它转变为生命；也是由于一种对秩序的执着。生命的失序是一种坏格调。即便我心甘情愿，我也不知道如何将这潜在的一步转化为实在的一步。出于对和谐统一的喜爱，出于对只进不出的悭吝爱好与永远执着——我并不需要高潮或者革命或者比预爱更好的事，它已然比爱更幸福。于我，誓言就够了吗？于我，誓言便够了。

也许这种态度或者没有态度同样是因为我从未有过丈夫或孩子，我不需要保持或打破枷锁，就像人们说的那样：我始终是自由的。持久的自由同样得益于我随遇而安的性情：我吃得香，喝得好，睡得足。当然，我的自由还来自经济上的独立。

我认为，从雕塑中，我学会了只在思考的时间里思考，因为我学会了只用手并只在用手的时间里思考。而且，断断续续的雕塑让我爱上了快乐，我的性情本身也倾向如此：我的眼睛太爱玩味事物的形状，所以我越来越擅长快乐，并且沉溺其中。我能够快乐，而不用全然是我，我可以利用一切实现快乐：就像昨天，在餐桌边，用手指的表面和面包屑的表面将面包屑团成圆形就足以让我快乐。为了拥有我拥有的一切，我不需要痛苦，也不需要才华。我所拥有的不是后天获得，而是天赋。

至于男人和女人，我是哪一种？我对男性的习惯和举止一直有莫大的好感，但又从容不迫地享受着做女人的快乐，成为女人也是我的天赋。我只拥有天赋的轻松，而非使命的悲怆。

在那张桌子边，我磨磨蹭蹭，因为我有的是时间，我望着周遭，手指把面包屑团成圆形。世界是一处地方，为我提供了存身之所：在这个世界上，我可以将一个面包屑球粘在另一个面包屑球上，只需要把它们放在一起，不用使劲，轻轻按一下，一个球的表面便连在另一个的表面了，就这样，我愉快地建造了一座我很满意的奇特金字塔：一个由圆形构成的直角三角形，一个由相反的形状而构成的形状。如果说这对我有什么意义，那么面包屑与我的手指可能会知道。

我的公寓反映了我。它在最上面一层，这被认为是一种品位。我这个层次的人都喜欢住在所谓的"顶楼"。这可不只是品位。这是一种真正的快乐：那里可以俯瞰整个城市。当这种品位人皆有之，那么我，并不知道到底为了什么，会转入另一种品位吗？也许吧。就像我一样，公寓有湿润的明与暗，一切都不阴暗，一个房间在前，引领着另一个房间。从餐厅里，可以看到起居室前的阴影交错。这里的一切都是对一种生活优雅的、讽刺性的、精神性的复制，那是一种在任何地方都不存在的生活；我的房子是一件纯粹的艺术品。

这里的一切实际上指向一种倘若真实存在便于我毫无意义的生活。那么它拓印的是什么？真实，我可能无法理解，但我喜欢复本，我理解它。复本总是美丽的。我生活的圈子里全是艺术和半艺术人士，我本该贬低复本，但是我似乎一直更喜欢戏仿，它对我有用。拓印一种生活可能给了我——或者依然在给我？我过去的和谐碎裂到了什么程度？——拓印一种生活也许给了我一种安全感，正因为这种生活不是我的：它不是我的责任。

这种微微的普遍快乐——这仿佛是我生活或曾经生活的基调——也许来自世界不是我，也不是我的：我可以享受它。就像我从不把男人变成我的，这样，我可以欣赏他们，甚至爱他们，无私地去爱，就像爱上一个理念。他们不是我的，我从不折磨他们。

就像爱上一个理念。我居所的精神性优雅来自这里的一切都是打上引号的。为了保持对真正作者的诚实，我引用了世界，我引用了它，因为它既不是我，也不是我的。美，就像整个世界，某种美是我的目标吗？我生活在美中吗？

至于我自己，我不说谎，也并不真实——就像昨天早上我坐在餐桌旁的那一刻——至于我自己，我总是保持了左边一个引号，右边再来一个引号。某种程度的"仿佛不是我"比仿佛是我更为宽广——一种不存在的生活占有了全部的我，它占据了我，仿佛臆造出的一般。唯有在照片中，当负片显影时，某样东西便会显现，我无法企及，而即时相片却可企及：当负片显影时，我细胞外层的存在也会显现。照片是凹面的肖像，是缺失的肖像，是匮乏的肖像？

而我自己，与其说我干净又端庄，我其实是美的复本。可能正因为所有这些，我才变得大方而美丽。一个经验丰富的男人看上一眼，就足以鉴别这是个大方而又美好的女人，不让人费心，不会折磨男人：这是一个爱笑的女人。我尊重他人的快乐，我轻柔地吃下我的快乐，无聊滋养了我，轻柔地吃下我，蜜月一般甜蜜的烦闷。

我对这种引号之中的形象非常满意，这可不是表面性的满意。我的形象并非我之所是，这种非我所是的形象填充了全部的我：最强烈的一种方式是否定地存在。因为我不知道我是什么，所以"非我所是"是我最好的接近真理的方式：至少我有反面：至少我有"非我"，我有我的对立面。我不知道我的善是什么，那我索性发着预先发的烧，经历我的"恶"。

经历我的"恶"，我经历我甚至无法喜欢或尝试之事的反面。就像一个人饱含热爱，不折不扣地遵循一种"放荡"的生活，但是至少他拥有了一种反面，对立于他不了解、不可能也不想要的生活：修女的生活。唯有现在，我才知道，我已经拥有了一切，尽管是以相反的方式：我献身于每一个"非我"的细节。详尽地非我所是，我向自己证明了——证明了我是。

这种非我的方式如此愉快、如此洁净：因为，此刻我可不带讽刺，我真的是有灵性的女人。我有一具有灵性的身体。在餐桌旁，我白袍加身，我的面孔洁净，如雕如琢，还有一具简单的身体。我身上散发出一种善，来自对自己与他人快乐的纵容。我轻柔地吃下我的快乐，轻柔地用纸巾擦了擦嘴。

那个她，G.H.，行李箱皮革上的名字，就是我：现在还是我吗？不，从此刻开始，我预估我最强烈的虚荣将面临对我自己的审判：我将全然地拥有失败者的形貌，然而，只有我会知道这个失败是否必要。

只有我会知道这个失败是否必要。

终于，我，那个女人，从餐桌旁起身。那一天没有女佣，正好适合我想做的那种活动：整理。我一向喜欢整理。我认为这才是我唯一真正的天职。我整理物品，同时创作与理解了世界。但是，我因为投资有道而变得足够富有，这阻止了我履行天职：如果我未曾因为金钱与文化而归属于我现在所归属的阶级，我本可以在富人的大宅子里当一个整理工，会有很多物事等我整理。整理是最好的找寻方式。如果我当了女佣与整理工，我甚至不需要创作业余的雕塑：要是我能亲手随心所欲地整理该有多好。是整理形式吗？

对我而言，整理房子的禁忌快乐实在太大，尚且坐在桌旁，尚且是纯粹的计划，我便已开始感到快乐。我环视公寓：从哪里开始呢？

也是为了在之后的第七天的第七个小时，我可以自由地休息，在平静中度过一天中余下的时光。那是几乎没有快乐的平静，对我而言，这是很好的平衡；在做雕塑的时间里，我掌握了这种几乎没有快乐的平静。上一周，我玩乐太多，社交太多，拥有太多太多想要的物事，我现在真的渴望那一天，沉重、美好而空洞，正如其应许。我会尽可能地把它抻长。

也许我会从公寓的尽头开始整理：女佣的房间应该很脏，因为它既是卧室，又是堆放烂布头、旧箱子、老报纸、包装袋、破绳子的仓库。我会把它清理干净，供新来的女佣使用。随后，我会逐渐横向"爬升"，来到对面的起居室，在那里——就像我自己是整理与清晨的句号——我会躺在沙发上，读一读报纸，也许再睡一会儿。如果电话没有响。

我好好想了想，决定把话机摘下来，以确保没有人打扰我。

我现在该怎么说出，那时，我便已经看到了在后来才会显现的事物？不知不觉中，我已经来到了女佣房间的前厅。我已经开始看到，却并不知道；出生时，我便已经看到了，却并不知道，不知道。

请递给我你陌生的手，生命让我痛苦，我不知道该怎么说出——真实太过纤弱，唯有真实是纤弱的，我的非真实与我的想象则沉重得多。

我决定从女佣的房间开始收拾，我穿过通向家事区的厨房。

这个区域的末端是一处走廊，房间就在那里。然而，之前，我靠在家事区的墙上，抽完了一支香烟。

我向下看：有十三层从楼宇中倾泻而下。我不知道这已经构成了即将发生的事。之前的上千次里，一个动作开始，随后消失不见。而这次，动作会走向终点，我对此并没有预感。

我看着房间内部，公寓大楼的深度也是我居所的深度。从外面看，这幢大楼是白色的，光洁如大理石，光洁如一切表面。但是内部则是门、窗、绳索与雨水斑痕的堆积，窗对着窗，嘴对着嘴。这幢建筑的内部仿佛工厂。是山峡与谷隘宏伟全景的微缩：我在那里抽着烟，仿佛在山顶俯瞰，我看着风景，也许正以照片中那无可表达的神色。

我看到了那一切想说什么：那一切什么都没说。我全神贯注地接收这种空无，我接受它，以照片中盛在我眼眸中的一切；此时，我方才知道我一直在接收这无言的信号。我看着房间内部。那一切都是非生命的财富，不禁让人想起自然：那里可以勘探铀矿，那里可以喷出石油。

我正看着的事物，之后才会具有意义——我想说的是，唯有之后，才会具有深深的意义缺失。唯有之后，我才明白：看似缺失的意义——就是意义。所有"缺乏意义"的时刻正是存在意义那可怕的确定性，我不仅无法企及，也不想企及，因为我没有保障。缺乏意义只会在之后袭击我。意识到缺乏意义一直是我感受意义的消极方式？这是我的参与。

我看着的那个怪物机器的内部，正是我居所的内部，我看到的是实实在在的东西，以实用为荣，为实用而生。

但是，自然的一样普遍而可怖的事物——后来我将在我身上体验——一种自然的必死之物从成百上千的水管与下水道工人手中宿命般地逃脱，没有人知道他们正在建造那幢我正以海滩照片上的神情凝视着的埃及废墟。唯有后来，我才知道我看到了；唯有后来，当我看到了秘密，我才意识到我真的看到了。

我把点着的烟头扔了下去，我后退了一步，狡猾地期待不会有邻居把我和大楼门卫处禁止的行为联系起来。然后，我小心翼翼地探出头，观望：完全猜不出烟头落在了哪里。悬崖无言地吞没了它。我是在那里思考吗？至少我在思考空无。或者，也许我在假设有邻居看到了我的不良行为，这与我作为有教养的女性格格不入，我因此而笑了。

然后，我走向家事区后的那条黑暗的走廊。

然后，我走向家事区后的那条黑暗的走廊。

在走廊上，亦即公寓的尽头，有两扇门相对而开，在阴影中难以分辨：一扇门是家事区的出口，另一扇门是女佣房间的入口。那是我家的"底层"。我打开门，走入堆积如山的报纸与储物与脏污的黑暗。

但是，当我打开门时，因为光线反射与身体不适，我的眼睛觑了起来。

并非是期待中的模模糊糊、半明半暗，我看见那房间如同白光封住的四方形；为了自我保护，我的眼睛觑了起来。

差不多有六个月——正是女佣待在我家的时间——我未曾进入这个房间，我惊讶极了，因为我面对的是一个完全整洁的房间。

我本期待会遇到黑暗，准备好将窗户大敞四开，用新鲜空气去除黑暗的霉味。我没估算到那位女佣一言不发，用她自己的方式整理了房间，以主人般的勇气，剥夺了它作为储藏室的功能。

此刻，在门口，我看到一个房间，拥有平静与空洞的秩序。在我清新、舒适而湿润的房子里，女佣没告知我，便开辟了一个干涸的空。现在，这是一个干净而悸动的房间，就像在疯人院，所有的危险品都被移除了。

在这里，由于开创出的空，此刻，屋顶、水泥露台、立在周围建筑上的天线，成千上万玻璃窗的反射，汇聚在此处。这个房间仿佛置身于公寓之上无法比拟的高度。

就像一幢宣礼塔。于是我开始拥有了对宣礼塔的第一印象，它悬浮于无限的延展之上。对于这个印象，此时我只感到身体不适。

这个房间并不是个规则四边形：其中的两个角略宽一些。尽管它作为物质的真实就是如此，但它让我感觉是我的视野导致了它的变形。它仿佛绘于一张纸上，令我能够看到一个四边形：透视线条导致了变形。一个视觉误差的凝固，一种光学幻觉的呈现。角上并非全然规则给了它一种地基脆弱的印象，仿佛这个房间，这幢宣礼塔，并未嵌进这个公寓或这栋建筑。

在门口，我看到静止不动的太阳用一条清晰的黑色阴影将天花板劈成两半，又把地板从三分之一处劈开。六个月里，永恒的太阳已经将松木衣柜晒得变形，让粉刷后的白墙脱落得更白。

我于惊讶之中，后退了一步，在其中的一面墙上，看到了那幅出人意料的壁画。

那面白墙正挨着门——因此，我还没有看到——上面用炭笔勾勒出自然尺度的一个裸体男人、一个裸体女人和一条比任何狗都更赤裸的裸狗。赤裸并非在身上画出，赤裸来自缺乏身覆之物：这是空空如也的裸体的轮廓。线条很粗，用炭笔破损的笔尖画出。某些地方，线条分作两股，一股仿佛是另一股抖动而成。干干炭笔干干的抖动。

线条僵硬地将这些巨大蠢笨的形象镶嵌进墙壁，仿佛三个机器人。就连那条狗也带有那种并非由自身力量驱动的温顺的疯狂。粗劣的线条过于决绝，令这条小狗坚硬无比，形如石头，与其说是镶入墙壁，不如说嵌入自身。

待在自己家中发现隐藏的壁画引发的第一波惊讶过去之后，我更仔细地查看了悬浮于墙面的形象，而这一次带来了更有意思的惊讶。简单画成的脚没有接触到地板线，小小的头颅没有接触到天花板线——再加上线条的蠢笨僵硬，这三个松垮的图像仿佛三个木乃伊显灵。这三个形象的僵硬不动越来越让我烦忧，而同时，木乃伊的想法在我心里越来越强烈。它们像是从墙壁内部逐渐渗出，从深处慢慢涌冒，直到濡湿了粗糙的石灰表面。

形象与形象之间完全没有联系，三者并不构成一个整体：每个形象都直视前方，仿佛从未看向旁边，仿佛从未见过其他人，也不知道身边有人存在。

我局促地笑了笑，我在努力微笑：上面的每个形象都像我，正僵硬地站在房间门口。这幅画并非装饰：它是一种书写。

对离职女佣的记忆在压迫我。我想记起她的脸，然而惊讶的是我记不得了——就这样，她把我赶到家门之外，仿佛对我关上了门，令我远离我的住所。对她面庞的记忆逃离了我，应该只是暂时的失忆。

但是她的名字——当然，当然，我最后想起来了：雅纳伊尔。看着这幅神圣的绘画，我突然发现雅纳伊尔恨我。我看着男人和女人露出双手，张开健壮的手掌，那里，雅纳伊尔仿佛留下了什么，仿佛粗暴的信息，等待我打开房门。

某种程度上，我的不适很有意思：我从未想过，雅纳伊尔的沉默中，可能会有对我生活的谴责，她的沉默可能称之为"男人的生活"？她会如何评价我？

我看着那幅我可能成了画中人的壁画……我，和男人。至于那条狗——那是不是她对我的形容？很多年里，我只被我的同类与我的圈子评判，而实际上，那个圈子由我而建并为我而建。雅纳伊尔是第一个让我意识到了她的目光的真正的外人。

突然之间，这一次我真的感到不适，我终于让自己体验到一种感觉，在过去的六个月里，因为疏忽与冷漠，我从未让自己感受过：我感觉到了那个女人无声的仇恨。我惊讶的是，那是一种无伤大雅的仇恨，一种至为糟糕的仇恨：那是无所谓。并非是一种视我为个体的仇恨，而只是缺乏悲悯。不，甚至不是仇恨。

就在此刻，我意外地回想起了她的脸，当然了，我怎么可能忘记？我再一次看到了那张黢黑平静的面庞，再一次看到那完全不透明的皮肤，仿佛是她保持沉默的方式，还有那双巧妙勾画的眉毛，我再一次看到了她那精致而纤细的五官，一向湮没在皮肤的暗色里，几乎看不出来。

她的五官——我毫无快乐地发现——是女王的五官。还有她的姿态：笔直、苗条、干硬、光滑，几乎没有肉，没有胸和屁股。她的衣服呢？我使唤她，仿佛她从不存在，这一点都不奇怪：围裙之下，她总是穿着深棕或纯黑，整个人隐入乌漆麻黑——我汗毛竖立，因为我发现我一直没有察觉到那个女人是个隐形人。雅纳伊尔几乎只有外部形式，形式之内的五官如此完美，以至于不存在：她压扁了，就像贴在木板上的浅浮雕。

她既是如此一人，也必定如此看我吧？从我那具画在墙上的身体中，她抽离了一切的非本质，也只看到了我的轮廓。然而，奇怪的是，墙上的图案让我想起了某个人，那就是我自己。雅纳伊尔留在房间里的存在令我步履艰难，我意识到那三个僵尸图腾实际上耽误了我进入房间，仿佛房间依然被人占据。

我在门口踌躇不前。

也是因为房间出人意料的简朴让我失去了方向：实际上，我甚至不知道该从哪里开始整理，或者到底该不该整理。

我泄气地注视着宣礼塔的赤裸：

床单已经拿下，露出满是灰尘的布垫，上面沾染着褪色的巨大污渍，像是汗水或血水，古老而苍白的污渍。一两根纤维刺破了因干燥而腐坏的布垫，直直地竖立在空气中。

一面墙下，三个旧箱子堆放成完美的对称，竟令我不能察觉它们的存在，因为它们完全没有改变房间的空。在它们上面，以及在 G.H. 暗淡的标记上，是脏污的堆积和灰尘的宁静。

还有一个狭窄的衣柜：只有一扇门，与人的身量相当，与我的身量相当。因为阳光长期暴晒，木头裂缝了、松脱了，那位雅纳伊尔从来不关窗户吗？"顶楼"的风景，她享用得比我还多。

这个房间与公寓的其他部分全然不同，进入它就好像我要先行离开家并关上门一样。这个房间完全对立于我在家中创造的一切，完全对立于我以整理的才华与生活的才华创造的柔美，完全对立于我平静的讽刺，温柔的无伤大雅的讽刺：那是对我的引号的凌辱，使用那些引号，我才能把我变成自己的引用。这个房间刻画了空荡荡的胃肠。

这里，一切都不是我创造的。居所的其他房间里，阳光从外面隙入，一缕柔光，又一缕柔光，是薄厚窗帘双重加持的结果。但是在这里，阳光似乎不是从外面进来的：这里是太阳的领地，它岿然不动，光束坚硬，仿佛房间在夜晚也不合眼。这里的一切都是割下的神经，把末梢晒成了铁丝。我准备的是整理脏东西，但面对这种匮乏我感到无从下手。

我意识到我生气了。这房间让我感到不舒服，仿佛空气中依然留有干干的炭笔在干干的石灰上划过的声响。这听不见的声响宛如音乐已经放完，而磁针依然在唱片上转动。物品中性的嘈杂创造了沉静。炭笔与指甲连接在一起，炭笔和指甲，那个女人平静而紧密的愤怒是寂静的表征，就仿佛非洲女王代表着外国。在我自己的家里，住进了一个外国人，一个不动声色的敌人。

我问自己，雅纳伊尔是否真的恨我——抑或，是我在恨她，甚至从未瞧过她一眼。就像此刻，我恼怒地发现这个房间不仅让我恼火，而且让我讨厌，我讨厌这个徒具外表的小房间：它的内在已经干涸。我一脸嫌弃与沮丧地看着它。

直到我强迫自己振作，拿出暴烈：今天必须改变这一切。

我要做的第一件事是把里面不多的物品拖到走廊上。然后，我将把一桶又一桶水倾倒在房间里，任坚硬的空气吸吮，最终将灰尘搅和成泥，直到沙漠里产生潮湿，以此摧毁这幢高高在上俯瞰瓦顶的宣礼塔。接着，我会往衣柜里倒水，让它喝个饱，一直撑到嘴边——最后，我要看到木头开始腐烂。这是一种无法解释的愤怒，但它自然而然地产生，然后攻占了我：我想在这里杀死某样东西。

然后，然后我要在草垫上盖上柔软、洁净、冰冷的床单，用我自己的绣着我名字首字母的床单，替换雅纳伊尔应该扔进水池里的那张床单。

但是，在这之前，我会擦去炭笔在墙上干枯的生根发芽，用刀刮掉那条小狗的痕迹，抹去男人外露的手掌，毁掉那个裸体女人相对于身躯过于小巧的头颅。然后我要倒水，让水顺着墙上的刮痕流淌成河。

房间将改造成我与我的，仿佛我已经看到了照片，我舒了一口气。

然后我进去了。

怎么解释呢？只能说发生了我不能理解的事。我成为的这个女人想要什么？皮箱上的 G.H. 会发生什么？

什么都没有发生，什么都没有发生。只是我的神经此刻醒觉了——我的神经本就平静，或者是整理得好？我的寂静到底是寂静还是一种静默的高音？

怎么向你解释呢：突然间，我的整个世界因为疲惫而抽搐，我再也无法承受肩上重担——那是什么？——我屈服于一种紧张，我从不知道那属于我。那时已经发生了，而我却不知道。最早给我的信号是石灰岩洞穴的崩塌，在考古地层的重压下，它们坍塌了——第一次崩塌的重量拉拽着我的嘴角，垂下了我的双臂。发生了什么？我永远无法理解，但总有人理解。而我必须在我体内创造那个理解这一切的人。

尽管我已经进入了房间，却仿佛并未进入。尽管我人在里面，却仍然以某种方式待在外面。仿佛它没有足够的深度来容纳我，因此将我的一部分留在走廊上，这是我所遭受的至大的厌弃：它装不下我。

此时，我看了看刷白的天花板，局促与限制令我感到窒息。我已经开始怀念我的家了。我强迫自己记起这个房间也是我的产业，它就在我家里：因为我不用出门，不用上楼下楼，就走到了这个房间里。除非存在着一种能让我横着落入井中的方式，就好像人们撞歪了这栋建筑，我滑了出去，在门与门之间把我抛来抛去，直到扔到这个最高点。

困在这张空无织就的网中，我再次忘记了计划好的整理行动，不知道从哪里开始整理。这个房间没有一个地方可以称之为起点，也没有一个所在可以认为是终点。它是一种均等，导致无法界定。

我的眼睛扫过衣柜，我抬起双眼，看到了天花板上的裂缝，希望能稍微掌握这巨大的空无。我鼓起勇气，尽管并不亲密，用手指抚摸着起毛的床垫。

一个想法激励着我：等那个衣柜吸足了水，纤维都喝饱了，我会给它打蜡，令它泛起光泽，里面我也会上蜡，因为里面可能更为干燥。

我把衣柜的窄门稍稍打开一点，里面的黑暗像轻风一般逃逸了。我试图把柜门开大一些，然而，柜门被床脚挡住了。在柜门的缝隙里，我的脸尽可能地贴了进去。仿佛里面的黑暗在窥探我，我们对望了一下，但彼此都看不到。我什么都看不见，只能闻到如同活鸡一般的炽热而干燥的气息。我把床推到窗口，这样我又把柜门打开了一些。

如此，在理解之前，我的心变白了，就像头发变白了。

如此，在理解之前，我的心变白了，就像头发变白了。

正对着我那张贴近缝隙的脸庞，几乎就在我眼前，半明半暗中，一只硕大的蟑螂在移动。我的喊叫虚弱无比，唯有在静寂的对比下，我才意识到我根本没有喊叫。那声喊叫还在我的胸腔里跳跃。

没什么，没什么——我立即试图平息我的惊吓。我没有想到，在这个因为我讨厌蟑螂而仔细消毒的房子里，我没有想到竟然有一个房间逃了过去。不，没什么。不过是一只向着缝隙缓慢移动的蟑螂。

这只蟑螂迟缓且硕大，显然是只很老的蟑螂。我对蟑螂的害怕已年深日久，从中我学会了推测蟑螂的年龄与危险，即便距离遥远，即便从未真正面对一只蟑螂，我也深知它们的存在过程。

只是在房间的赤裸中发现了突兀的生命令我害怕，仿佛我察觉到这个死寂的房间实际上无所不能。这里的一切都干涸了——但是剩下了一只蟑螂。一只很老的蟑螂，仿佛从远古而来。一直以来，我对蟑螂的厌恶在于它们既古老又当下。要知道，它们很早就在地球上出现，长得和今天一样，比最早的恐龙都要早，要知道，第一个人出现时便已看过它们繁衍子孙、鱼贯而行，要知道它们见证了石油和煤炭的形成，在冰川前进时它们存在，当冰川后退时它们依然存在——这是和平的抵抗。我知道如果没水也没食物，蟑螂可以撑上一个月。甚至可以把木头当作养料。而且，即便被踩扁，它们也会慢慢伸长身子，继续移动。即便被冻上，一旦解冻，它们会继续前行……三亿五千万年以来，它们毫无变化，一直如此。当世界尚是赤裸之时，它们就已经缓缓地覆盖了它。

就像这里，这个赤裸而干燥的房间里，有病毒的滴液：干干净净的试管中，一滴物质溶液。

我狐疑地看着这个房间。原来有蟑螂。或者，有很多蟑螂。在哪儿？也许在箱子后面？一只？两只？多少只？箱子岿然不动的沉寂之后，也许隐藏着蟑螂成群结队的黑暗。一只叠在另一只上面？重重叠叠的蟑螂——突然让我想起小时候有一次我掀起我睡的那张床垫时的发现：成百上千只黑色臭虫，层层叠叠，挤挤挨挨。

我童年时的贫穷记忆，有着臭虫、漏雨、蟑螂和老鼠，这仿佛是我的史前过往，我曾经和地球上第一批生物一起生活。

一只蟑螂？还是很多只蟑螂？究竟有多少只？我愤怒地问自己。我环顾这个赤裸的房间。没有嘈杂，没有信号；但是究竟有多少只？没有嘈杂，然而我却清楚地感到一种强烈的共鸣，那是静寂摩擦着静寂。敌意攻占了我。不仅仅是我不喜欢蟑螂：我不爱蟑螂。何况它们是巨大动物的缩微。敌意在增长。

并非我厌恶这个房间，就像我在门口那一刻所感受到的。这个房间，和它隐秘的蟑螂，厌恶我。最开始，我被赤裸的景象拒绝了，那赤裸如此强烈，竟宛如一场海市蜃楼；而我拥有的海市蜃楼并非绿洲，而是沙漠。接着，我被墙上坚硬的信息震慑了：这些摊开手掌的人物是石棺入口接连不断的守卫。而现在，我明白了，蟑螂和雅纳伊尔才是这个房间真正的住客。

不，我无法整理东西——如果有蟑螂，我就不能。新的女佣会将她工作的第一天献给这只尘埃散漫空空如也的小小衣柜。

炽热的阳光下，一阵寒冷的波涛穿透了我：我匆忙离开了这个灼热的房间。

这是我的第一个害怕的身体动作，终于表现了出来，于我的震惊中向我表明我在害怕。从而催使我进入了更大的害怕——试图离开时，我在床脚和衣柜之间磕磕绊绊。摔倒在这个沉寂房间里的可能令我的身体困在了深深的厌恶中——磕磕绊绊已然让我的逃跑尝试归于失败——难道这是"他们"，石棺中的人，不再让我离开的方式吗？他们阻止我离开，但只使用这种简单的方法：赋予我全部的自由，因为他们知道我已不可能离开而不被绊倒或者摔倒。

并不是说我被囚禁了，我只是被定位了。仿佛他们一个简单的手势，抬起手指，指着我和一个地方，我就固定不动了一样，我被定位了。

从前，我就已擅长感觉地点。当我还是个孩子时，我出人意料地感觉到我正躺在一张床上，床在城市里，城市在地球上，地球在世界里。恰如孩提时代，我清楚地意识到我全然孤独地生活在一幢房子里，那房子很高，悬在空中，房子里有看不见的蟑螂。

从前，当我自我定位时，我感到我在扩展。如今，当我定位自己时，我要自我限制——限制到如此境地，在这个房间里，我唯一的处所是在床脚与柜门之间。

只是，好在今天的感觉地点并非在夜晚发生，就像孩提时代，现在大概是上午十点多。

出人意料的是，我觉得接下来的上午十一点是一个恐怖元素——一如地点，时间同样可以感知，我要从钟表的内部逃出，因此慌乱地加快了脚步。

但是，我半开衣柜的门，将自己困在一个角落，为了离开，我得先关上那扇架在床脚挡住我路的柜门：我无法通行，被灼烧我后颈头发的阳光团团围住，仿佛置身于一个名唤上午十点钟的干涸烤炉之中。

我的手迅速伸向柜门，打算关上它，开辟一条路——但是，我再一次退缩了。

因为里面的蟑螂动了。

我安静下来。我的呼吸轻而浅。我现在有一种无可救药的感觉。我已然知道，尽管很荒谬，唯有我能正面且荒谬地承认有些事无可救药，我才有机会逃离这里。我知道我必须承认我处在危险之中，即便意识到相信完全不存在的危险是疯狂的。但我必须相信自己——一生中，我都处于危险之中，一如所有人——但是此刻，为了离开，我要担起必须知道这点的疯狂责任。

在那个被柜门和床脚圈住的回廊里，我并未再次尝试移动双腿，但是我的身体向后退缩，仿佛蟑螂会发动攻击，即便它行动极度迟缓——我看过突然飞起的蟑螂，这种生物长着翅膀。

我一动不动，慌乱地盘算着。我很专注，我全神贯注。我的心中生出了一种巨大的等待，以及一种骇人的顺从：在这种专注的等待中，我认出了以前所有的等待，我认出了让我活下去的专注，专注从未离我而去，总而言之，它可能是最贴近我生命的东西——也许那种专注就是我自己的生命。还有那只蟑螂：蟑螂唯一的感觉是什么？是活下去的专注，身体无可摆脱的要素。而我，被我叠加在无可摆脱的我之上的一切，也许从不会熄灭这种专注，那不仅仅是对生命的专注，更是我生命的过程本身。

就在这时，那只蟑螂从深处浮现。

就在这时，那只蟑螂从深处浮现。

最开始，触角在颤抖，仿佛预告。

接着，干涸的触角之后，一个抗争的身子慢慢显现。直到几乎到达衣柜的开口外沿。

这只棕色之物犹犹豫豫，仿佛太过沉重。现在它几乎完全可见了。

我迅速地垂下双眼。当我隐藏起双眼，我便向蟑螂隐藏了狡黠，之前它已把我攻占——我的心在欢跳，仿佛置身于快乐。我意外地感受到我很有资本，之前我从未使用过我的资本——而现在，终于，一种潜藏的力量在我体内悸动，一种伟大充溢了我：这是勇气的伟大，仿佛正是恐惧赋予了我勇气。方才，我尚且以为我只感觉到了厌恶与愤怒，而如今我承认——尽管以前我从不知道——实际上，我终于拥有了远比我自己更大的恐惧。

这种巨大的恐惧让我全然地深入自身。我转向我的内里，仿佛一个盲人在倾听自身的专注，我第一次感到我担负着一种本能。因为极度的欢愉，我浑身颤抖，仿佛我终于在此刻注意到一种本能的伟大，那是邪恶、整全而又无限甘美的本能——仿佛我终于于我自身之中体验到一种远比我自己更大的伟大。我第一次陶醉于一种清澈如泉水的仇恨之中，我陶醉于杀戮的欲望，无论那是对是错。

这是一生的专注——十五个世纪里，我不曾斗争，十五个世纪里，我不曾杀戮，十五个世纪里，我不曾死亡——一生的迫不得已的专注如今在我身上汇聚，如同无声的钟一般敲响，我不需要听到它的振动，我已经谙熟于心。仿佛我终于第一次站在了大自然的高度。

一种完全受控的贪欲曾侵占我，它是完全的力量，因为它完全受控。直到那时，我从不曾是我的力量的主人——我不理解力量，也不想去理解，但是生活将力量截流在我体内，以便有一天，这种未知的、幸福的、无意识的物质能够破土绽放，最终成为：我！我，无论怎样。

我毫无羞耻，感动于对邪恶的缴械投降，我毫无羞耻，感动、感恩，第一次，我正在成为那个未知的我——只是，不认识自己不再妨碍我，真实早已逾越了我：我举起手，仿佛宣誓，只一下，我合上了柜门，压在蟑螂半露于外的身体上。

在那一刻，我也合上了双眼。我保持这个姿势，颤抖不已。我做了什么？

也许在那一刻，我已经知道我指的并不是我对蟑螂干了什么，而是：我对我自己干了什么？

就在那一刻，我双眼紧闭，我察觉到我自己，恰如我察觉到一种滋味：我整个人散发着钢铁和铜锈的味道，我整个人是酸涩的，仿佛用舌头品尝金属，仿佛惨遭碾压的绿色植物，我的滋味弥漫在我的嘴里。我对我自己干了什么——我的心跳加速，太阳穴蹦动着，我对自己干了这个：我杀戮了。我杀戮了！但为什么我会有这种喜悦？可不仅是喜悦，还有全身心对喜悦的接受。为了杀戮，我等待了多久？

不，并非是这个。问题应该是：我杀了什么？

我一直成为的那个平静的女人，她因快乐而疯狂了吗？我依然闭着眼睛，因愉悦而颤抖。曾经的杀戮——它比我大很多，取得了这个无法界定的房间的高度。曾经的杀戮劈开房间如沙砾一般的干涸，抵达了潮湿，终于，终于，仿佛我在用坚硬而贪婪的手指挖掘、挖掘，直到在我体内找到可以饮用的生命之流，那是死亡的脉流。我慢慢睁开眼睛，此刻，以全然的甜蜜、感恩、羞涩，以荣耀带来的羞耻。

我从终于湿润了的世界中浮现出来，睁开了双眼，重新遇到那坚硬而巨大的光线，我看到衣柜的门现在关上了。

我看到蟑螂的尸体半露在门外。

它向前伸展，屹立在空中，仿佛人像柱。

然而是一根活生生的人像柱。

对于理解，我犹豫不决，我惊讶地观瞧着。慢慢地，我才觉察到发生了什么：我关门的力度不够。确实捕获了蟑螂，令它无法前行。但它还活着。

它活着，正看着我。我赶紧移开视线，生出暴烈的厌恶。

还差最终一击。再来一下？我没有看它，但我反复告诉自己，这一击对我而言十分必要——我缓缓地重复这句，仿佛每一次重复都是为了向我的心跳发出指令，我的心跳过于断续，仿佛一种我从未感受过痛苦的疼痛。

直到——终于我能够听到自己，终于我能够对我下达指令——我高高举起手臂，仿佛我的整个身体，与手臂的那一击一起，也要重重砸在柜门之上。

但是就在那时，我看到了蟑螂的脸。

它正面向前，与我的头和眼睛齐平。那一瞬间，我的手停在半空中。然后慢慢地放了下来。

那一瞬间之前，也许我尚且有可能不去看蟑螂的面容。

但须臾即已太迟：我看到了。那只因放弃击打而垂下的手，慢慢地举到了胃部：倘若不是我在移动，那就是我的胃退缩进我的内里。我的嘴干极了，我用同样干裂的舌头舔了舔粗糙的嘴唇。

　　那是一张没有轮廓的脸。触角从嘴唇两侧伸出，状如胡髭。棕色的嘴界限分明。长而细的胡髭缓慢而干涩地摆动。那双多面体的黑眼看着我。这是一只如同鱼化石一般古老的蟑螂。这是一只如同蝾螈、狮鹫、奇美拉和利维坦一般古老的蟑螂。它如同传说一般古老。我看着那张嘴：那是真正的嘴。

　　我从未见过蟑螂的嘴。实际上——我甚至从未见过蟑螂。因为它古老且当下的存在，我才对它充满恶感——但我从未面对过它，哪怕在思想之中。

　　而现在我发现，尽管它很紧实，却是由一层又一层纤薄如洋葱皮的棕色皮层组成，仿佛每一层都可以用指甲揭起，而又总会出现另一层、再一层。也许这些皮层是羽翼，它应该是由长长羽翼那纤薄的皮层一层一层堆叠，直至形成这个紧实的身体。

　　它呈红褐色，长满了纤毛。纤毛也许是很多条腿。它的触角现在安静了下来，仿佛干枯而染尘的纺丝。

　　蟑螂没有鼻子。我看着它，看着它的嘴和它的眼睛：它仿佛一个濒死的混血女人。但是，它的眼睛漆黑发亮。那是新娘的双眼。每只眼睛本身都像一只蟑螂。那只眼睛眯缝着，漆黑、鲜活、纤尘不染。另一只眼睛也是如此。两只蟑螂镶嵌在这只蟑螂里，每一只眼睛都复制了整只蟑螂。

每一只眼睛都复制了整只蟑螂。

——很抱歉，我把这个给了你，我紧握的手，但是我不想要这个！拿走这只蟑螂，我不想要我看到的一切。

我张着嘴巴站在那里，倍感冒犯，心生退意——面对这只沾染尘埃的生物，它在看着我。拿走我看到的东西：因为我以如此痛苦如此骇然如此无辜的局促看到了那一切，我看到的是生命在看着我。

又能如何以别的方式称呼那个可怕而生冷的东西？它是原材料，是干涸的原材料与原生质，它在那里，而我在干涸的恶心中退缩进自己的内心，几百年又几百年，我跌落进一片淤泥中——那片淤泥，不是已经干涸的淤泥，而是湿润的依然鲜活的淤泥，那片淤泥中，以一种无可忍受的缓慢，我的同一性的根脉摇曳着。

拿走，拿走这一切，我不想成为活生生的人！我对自己的感觉既是嫌恶又是惊叹，浓厚的淤泥缓缓地涌出。

这一切——这一切。我看着这只活生生的蟑螂，在它身上发现了我最深层生命的同一性。经过艰难的坍塌，在我内心之中，坚硬而狭窄的通道打开了。

我看着它，那只蟑螂：我太过恨它，竟站到了它的那一边，与它同舟共济，因为它无法承受独自迎向我的攻击。

突然之间，我高声呻吟，这一次我听到了我的呻吟。就像一股脓液，我最为真实的本质浮出水面——我惊惧而嫌恶地感觉到"我之所是"来自一个泉眼，远远早于人类的源泉，我惊恐地发现，它远远大于人类的源泉。

在我的内心中，以打开石门一般的缓慢，在我的内心中，沉默那宽广的生命打开了，就是静止的太阳的那个生命，就是不动的蟑螂的那个生命。就是我内里的那个生命！倘若我有勇气放弃……放弃我的感觉？倘若我有勇气放弃希冀。

希冀什么？我第一次讶异地感觉到我全部的希冀都建立在成为并非我之所是之上。希冀——能用别的名字称呼它吗？——我第一次准备放弃，出于勇气和致命的好奇。希冀，在我之前的生活里，竟建基于真实？带着孩子般的惊奇，我现在很是怀疑。

为了知道我真正期盼着什么，之前我是否需要穿越我的真实？迄今为止，我在多大程度上编造了一种命运，而暗中却在另一个命运中生活？

我闭上眼睛，等待那种讶异感过去，等待我的喘息不再是我听到的那种呻吟，它仿佛从干涸而幽深的水池深处发出，仿佛蟑螂是干涸水池中的生物。此刻我依然能够在内心深处遥遥地感到，那声呻吟再也无法到达咽喉。

简直疯了，我闭着眼睛想。但我感受到那尘埃之中的诞生，这种感觉不可否定——我无计可施，只能跟随那一切，我深知那并非疯狂，而是，上帝啊！而是最为糟糕的真实，可怖的真实。但为什么可怖？因为它无言地反对着我之前同样无言的惯常思考。

我等待那种讶异感过去，等待健康恢复。但是在我对不可回忆的努力回忆之中，我承认，我曾感受过这种讶异感：当我看到我的血在我的体外之时，那血令我讶异又让我入迷：它是我的。

我不想再睁开眼睛，我不想继续看。法律和法规，不能忘记它们，不能忘记没有法律和法规，就不会有秩序，不能忘记它们，必须捍卫它们以保护自己。

但我再也无法自我束缚了。

第一道连接已经不由自主地断开了，我脱离了法律，即便在我的直觉中，我将进入生命物质的地狱——哪一种地狱在等着我？但是我必须去。我必须堕入我灵魂的不安，好奇心吞噬了我。

于是我一下子睁开了眼睛，我完全看到了房间无边无垠的广阔，那个房间在寂静中震颤，那是地狱的实验室。

房间，陌生的房间。我终于进入了它。

进入这个房间只有一条狭窄的通道：经由那只蟑螂。那只蟑螂将开敞的震颤充溢整个房间，那震颤是沙漠响尾蛇欢乐的震颤。经过艰难的行路，我走到墙上的那道深深的切口，就是那个房间——裂缝形成了一个宽敞的自然大厅，仿佛山洞。

它裸露开来，仿佛只准备让一个人进入。进入的人会变成"她"或"他"。我就是被那个房间称为"她"的人。一个"我"从那里进去，房间给予"我"一个"她"的维度，仿佛我是立方体的另一面，看不见的那个面，因为是从对面看过来。

因为我巨大的广延，我置身于沙漠之中。怎么和你解释？我置身于从未来过的沙漠。那个沙漠在召唤我，仿佛一支单调而遥远的歌。我深受蛊惑。我要去往那应许的疯狂。但我的恐惧并非因为我要走向疯狂，而是因为我要走向真实——我的恐惧在于我要拥有一个我不会喜欢的真实，一个让我身败名裂的真实，让我匍匐于地，取得与蟑螂一样的地位。我与真实最初的接触总是让我声名扫地。

——握住我的手，因为我感到我在行走。我再次走向最为初级的神圣生命，走向一处原始生命的地狱。不要让我看到，因为我接近于看到生命的核心——通过这只我此刻重新看到的蟑螂，通过这个带有鲜活而平静的恐怖的样本，我害怕在那个核心之中，我将不知道什么是希冀。

蟑螂是纯粹的诱惑。纤毛，纤毛颤动着发出召唤。

我也一样，我慢慢地化约成不可化约的我，我也一样拥有成千上万根颤动的纤毛，以这些纤毛，我在前行，我，原生动物，单纯的蛋白质。请握紧我的手，我已然抵达不可化约之境，宛如一声钟响的命运——我感觉这一切都古老而壮阔，我在这只迟缓蟑螂的象形文字中感受到远东的书写。在这个充满巨大诱惑的沙漠中，有着生物：我和活着的蟑螂。亲爱的，生命，是一种巨大的诱惑，所有存在之事都在彼此诱惑。那个房间宛如荒漠，因而原始地存在。我抵达了空无，而空无鲜活而湿润。

我抵达了空无，而空无鲜活而湿润。

就在那时——就在那时，从压扁的蟑螂中缓缓流出了物质，仿佛从一根管子中慢慢挤出。

蟑螂的物质，是它的内在，浓厚而发白的物质缓缓地向外扩张，仿佛从牙膏管中挤出。

在我这双嫌恶而又备受诱惑的眸子之前，随着蟑螂的向外膨胀，它的甲缘发生了变化。那白色的物质缓缓地从背上涌出，仿佛负担一般。它一动不动，在灰尘散漫的甲壳侧方之上，承受着来自自己身体的负担。

"喊吧。"我静静地命令自己。"喊吧。"我以一声发自深深寂静的轻叹，无用地重复了一遍。

那白色的厚重物质现在在甲壳上凝固。我望着天花板，稍微休息一下眼睛，我感觉它们已经变得深邃而庞大。

如果我开始叫喊，哪怕只有一次，或许我将再也无法停止叫喊。如果我叫喊，别人便不能再为我做什么；而如果我从不暴露我的匮乏，那么没有人会被我吓到，人们会在不知不觉中帮助我；但是只有在我不因为脱离了法律而吓到别人时才会发生。如果他们知道了，便会害怕，我们还是藏起这一声呼喊，仿佛不可侵犯的秘密。如果我发出喊叫，作为活着的警报，人们会沉默而生硬地将我拖走，因为人们要拖走那些出离可能世界的人，那个不同寻常的生灵，那个喊叫的生灵，会被拖走。

我用沉重的眼眸看着天花板。所有一切均狂暴地简化为绝对不要发出第一声叫喊——第一声叫喊会解锁其他叫喊，出生时的第一声叫喊会解锁一种生命，如果我叫喊，会惊醒成千上万叫喊的生灵，他们会在屋顶开启叫喊的恐怖合唱。如果我叫喊，会解锁存在——什么的存在？世界的存在。我充满敬意地害怕世界对我的存在。

这样，支撑着我的手啊，这样，我在经历我不想要的一切，我在经历我要求自己原谅的一切，我正在离开我的世界，进入世界。

这样，我再也看不见自己，我在观看。已然建立的整个文明，是以所见与所感的即刻融合作为保证，整个文明建立在自我救赎之上——因为我正置身于它的残垣断壁之中。只有那些肩负特殊职责的人才能从这种文明中脱身：可以给予科学家许可，可以给予神父允诺，但是不会给予一个女人，她甚至没有头衔的保障。然而我逃跑了，我很不安，但我逃跑了。

真希望你能知道我迈出第一步时有多么孤独。那不像一个人的孤独。那就仿佛我已经死去，在另外一种生命中，独自踏出了第一步。那就仿佛这种孤独被称作荣誉，我也知道那是光荣，而在那神圣而原始的光荣中，我全身颤抖，我不但不能理解它，而且深深地不想要它。

——因为，你看，我知道我正在进入本质那粗暴而生冷的光荣。我被深深诱惑，然而我尽我可能与吞噬我的流沙斗争：每一次我做出行动，表示"不要，不要！"，每一次的行动都无可挽回地将我推向更深；没有力量去抗争是我唯一的免罪符。

我看着那个囚禁自我的房间，想寻找一条出路，我绝望地想从中逃脱，在我的内里，我已经退缩到无法再退，我的心灵都已抵靠墙壁——我甚至无力阻止，我也不想阻止，磁石吸引着我，它的确定性让我着迷，在我的内里，我退到墙边，嵌进了一个女人的画像中。我退缩到骨髓深处，那是我最后的堡垒。那里，在墙上，我如此赤裸，以至于无法投下阴影。

那个身量，那个身量是一样的，我知道是一样的，我知道我从未超出墙上的那个女人，我就是她。她保存完好，漫长而丰硕的道路。

突然，我的紧张碎裂了，仿佛戛然而止的声响。

第一个真正的静寂开始吹拂。在我灰败而浅笑的照片中，我已经看过了如此宁静、如此广阔、如此陌生的事物——它第一次在我之外，又由我完全企及，不可理解，但我完全企及。

它舒缓了我，仿佛舒缓口渴，仿佛我穷其一生都在等待这股清水，僵直的身体需要它，就像乞求可卡因的人得到了可卡因。终于，身体沉浸于这份寂静中，获得了平静。舒缓来自我融入了洞穴中的那张无言的图画。

直到那一刻，我还尚未完全意识到我的斗争，因为我在其中沉得太深。但是现在，凭由我终于陷入的沉寂，我知道我曾斗争过，我投降了，我妥协了。

现在，我真的置身于房间中。

我如此深入，仿佛在洞穴的一幅三十万年前的画中。我在我其中，我在墙上画着的我其中。

外面那条经由蟑螂身体的通路狭窄而艰难，我带着嫌恶从那具壳体与泥泞中蹚过。最终，通过它，我满身污秽地驶向我的过去，即是我无可分割的现在与无可分割的未来——它永远都在墙上，而我的一千五百万个女儿，从彼时走向我，也一同在那里。我的生命也同死亡一样连绵不绝。生命太过连绵不绝，因此我们将它分成阶段，其中一个阶段我们称之为死亡。我一直处于生命之中，不是本意的我并不重要，我约定俗成要称为我的并非是这个。我一直处在生命之中。

我，中性的蟑螂身体，我拥有一种最终不会逃离我的生命，因为我终于在我之外看见了它——我是蟑螂，我是我的腿，我是我的头发，我是墙漆上最白的那道光——我是我身上每一块可怕的碎片——在我身上，生命如此执着，如果把我如同壁虎一般切碎，那些碎片依然会颤抖、跳动。我是镌刻在墙上的静寂，最古老的蝴蝶在我面前飞舞：那是同一只蝴蝶。我把从出生到死亡称为人，而我将不会真正死亡。

然而这不是永恒，这是万劫不复。

这种静寂多么奢侈。这是几个世纪的积累。这是蟑螂凝视的寂静。世界与我互相凝视。万物彼此凝视，万物彼此经历；在这处荒漠中，事物了解事物。事物如此了解事物，这……我把这称为宽恕，倘若我想在人的层面自我拯救。这是自身之中的宽恕。宽恕是活物的属性。

宽恕是活物的属性。

——看啊，亲爱的，看我因为恐惧而开始组织，看我无法处理实验室中的初级元素，之后也没有意愿去组织希望。在我身上发生的我的变形一时还没有意义。这种变形让我失去我曾经拥有的，而我曾拥有的就是我——现在，我只拥有我之所是。我现在是什么？我是：在惊吓面前站定。我是：我之所见。我不理解，而且我害怕理解，世界的材质让我惊心，连同它的行星与蟑螂。

我，之前依靠仁慈、骄傲或其他什么东西而活。但是，词语与它的企图之间有多大的鸿沟？爱这个词和没有任何人类意义的爱之间有多大的距离？因为——因为爱是生命物质。爱是生命物质吗？

昨天我发生了什么？以及现在呢？我很困惑，我穿过千百个沙漠，但我是否困在了某个细节中？仿佛压在了岩石之下。

不，等一等，等一等：仿佛宽慰一般，我必须记住，从昨天开始，我已经离开了那个房间，我已经离开了，我自由了！我还有机会恢复自我。如果我愿意。

但我愿意吗？

我所见到的一切都不可组织。但如果我真的愿意，现在，我仍然可以将我知晓的一切翻译成更像我们的语言，人类的语言，我依然可以将昨天那些时光抛在脑后。如果我依然愿意，我还可以，在我们的语言中，以另一种方式问询自己到底发生了什么。

如果我以这种方式问询自己，我依然会得到一个恢复如初的答案。恢复如初就是知道：G.H. 是一个生活得很好、很好、很好的女人，她生活在世界沙层的最上层，而沙子从未在她脚下崩塌；她的协调能力很强，当沙子移动时，她的脚也跟着移动，这样，一切都很稳固、紧密。G.H. 住在摩天大楼的最上层，尽管它建在空中，却是一栋坚固的建筑，她自己也在空中，仿佛蜜蜂在空中织造生命。几个世纪以来一直如此，偶尔或必要时才有变化，都做对了。都做对了——至少没有风言风语，没有人说不行，那就是说，都做对了。

但是，正是几百年里，尽管无人察觉，年深日久的自动堆积养胖了这个空中的建筑，它逐渐被自己喂饱，变得越来越紧密，而不是越来越脆弱。在这摩天大楼中，存在的积累日益沉重，无力在空中支撑。

正如一栋楼宇，夜晚所有人都安静睡去，没人知道柱子弯折了，在寂静无法预告的瞬间，梁柱断了，因为每过一个世纪，聚合力都会缓慢地分离一毫米。然后，在全无预期的一刻——那一刻如此平常，就像在舞会上拿起饮料送到微笑的唇边——然后，昨天，一个阳光灿烂的日子，一如炎夏的所有日子，男人在干活，厨房冒着烟，钻头打碎了石头，孩子们在笑，一位神父在奋力阻止，但又阻止什么呢？昨天，没有预警，坚固的事物发出折裂声，倏然之间，在一阵崩塌中化为齑粉。

在坍塌之中，成吨成吨的物事坠落。当我，G.H.，包括行李箱上的那个，我，芸芸众生中的一员，睁开了双眼之时，我——并没有站在断壁残垣中，因为断壁残垣已经被流沙吞没——我站在一片宁静的平原上，曾经的大城市之下的很多公里处。事物已经恢复如初。

世界已然恢复了它本来的真实，就像发生灾难之后，我的文明终结了：我只是一个历史数据。我的一切都被时光的开始与我自己的开始所修正。我回到了第一个原初平面，置身于风的寂静与锡和铜的时代——生命的第一个时代。

你听，面对活生生的蟑螂，最糟糕的发现是，世界不是人类的，而我们也不是人类。

不，不要害怕！可以肯定，直到那一刻，我能从我那多愁善感的生活中被拯救出来，是因为非人是我们中最好的部分，它是物，是人的物。正因为此，作为虚假的人，直到那一刻，我才没有被那个感性与功利的构造压垮：我的人类情感是功利的，但我没有被压垮，因为物这一部分，上帝的物质，太过强大，等着把我复原。一般生命所遭受的巨大的中性惩罚是它可以突然摧毁一个生命；如果不给它自己的力量，那力量会自我迸发，仿佛堤坝决口——那力量很纯，没有任何杂质：纯纯粹粹的中性。那是个大危险：如果这种物的中性部分不曾啜饮一个人的生命，全然纯粹的中性生命便会到来。

但为什么恰好在我身上，忽然重现了原初的静寂？就像有人在呼唤一个平静的女子，她平静地将刺绣放在椅子上，站起身来，不发一言——抛弃她的生活，舍弃了刺绣、爱和成熟的灵魂——这个女人一言不发，平静地四肢着地，开始爬行，眼睛闪亮而平静：因为之前的生命在召唤她，她便去了。

但为什么是我？但为什么不是我？如果不是我，我不会知道，如果是我，我会知道——仅此而已。是什么在召唤我？疯狂还是真实？

生命在报复我，报复的方式只是回来，仅此而已。所有的疯狂病例都是某样东西回来了。被附体的人，并不是被到来的东西附身，而是被回来的东西附身。有时，生命会回来。如果说当力量经过时，我的一切都破碎了，并不是因为这种力量的作用在于打破：它只是需要通过，因为它已经满如洪水，无法抑制或者围堵——它通过时覆盖了一切。之后，就像洪水过后，一个柜子、一个人、一扇脱落的窗子、三个行李箱浮浮沉沉。对于我，这宛如地狱，这是人类考古层一层层的毁灭。

地狱，因为世界于我已经不再有人类的意义，于我，人也不再有人类的意义。世界既没有人类化，也没有情感化——我吓坏了。

我发不出叫喊，看着蟑螂。

近距离看，蟑螂是一件极其奢华的物品。它是黑色珠宝的新娘。它极其罕见，仿佛是唯一的样本。我用柜门夹住它的身体中部，圈禁了这唯一的样本。它的身体只露出一半。看不见另外一半，可能极为巨大，分布在数千幢房子中，隐藏在物事和柜子之后。然而，我，并不想要落到我这儿的这一部分。在房子表面之后——那群黑色珠宝在爬行吗？

我自感不洁，仿佛《圣经》里说的不洁之人。为什么《圣经》如此关注不洁之人，还列出了不洁与禁忌动物的名单？为什么它们会被创造出来，就像其他生物？为什么不洁之物是禁忌？我触摸了不洁之物，犯了禁忌。

我触摸了不洁之物，犯了禁忌。

突然，我间接认知了自己，感到无比污秽，我张开嘴巴，想去求救。他们什么都说了，《圣经》里，他们什么都说了——但如果我理解了他们所说的话，他们会称我为疯子。和我一样的人已经说过了，但理解他们将造成我的崩塌。

"你们当以为不洁且不可吃的乃是：雕、狗头雕、红头雕。"[①]而且不能吃猫头鹰、天鹅、蝙蝠、鹳，以及各种各样的乌鸦。

我渐渐知道，《圣经》中禁止食用不洁之物是因为不洁是根脉——因为有些造物从未装饰过自己，保持原貌，一如被造之初，只有它们依然是完全的根脉。而正因为它们是根脉，所以不能食用，它们是知善恶之果——吃下生命物质会把我从一个

---

① 出自《圣经·利未记》11：13。本书中引用的《圣经》原句采用和合本译本。某些句子的葡语原文及语境与和合本翻译不贴合时，根据葡语原文做适当修改。

满眼浮华的天堂中逐出，使我终生拄着拐杖行走在荒漠中。很多人已然拄着拐杖，在荒漠中行走。

更糟糕的是——会让我看到荒漠是活的，那里也有湿润，会让我看到一切都是活的，都是由同一样东西组成。

为了构建一个可能的灵魂——一个头不衔尾的灵魂——律法要求只留下那些伪装成活物的东西。律法要求，吃下不洁之物者须不知情。因为一旦在知情时吃下不洁之物——就会知道不洁之物并非不洁。是这样吗？

"凡有翅膀却用四足爬行的群聚动物，你们都当以为不洁的，不可以吃。"①

我惊讶地张开嘴：这是为了求救。为什么？因为我不愿变得如同蟑螂一般不洁？何种理念令我局限于感觉一种思想？为什么我不能变得不洁，一如我发现的自我？我在害怕什么？因为什么而不洁？

因为喜悦而不洁。

现在我明白了，我之前感受到的东西已经是喜悦，我当时无法辨认，也无从理解。我以无声的求救，对抗一种模模糊糊的最初的喜悦，我不想在我身上察觉它，因为即便它模模糊糊，

---

① 出自《圣经·利未记》11：23。

也极为可怕：那是一种没有救赎的喜悦，我不知道该如何向你解释，但那是一种没有希望的喜悦。

——啊！不要从我这里抽回你的手，我自我许诺，也许当这个不可能的故事讲到最后时，我可能会理解，也许经由这条地狱之路，我会找到我们所需要的事物，但不要抽回你的手，即便我知道，想去找寻，必须通过我们自身构建的道路，如果我能做到不沉没于我们自身之中。

看啊，亲爱的，我正在失去找寻我必须找到之物的勇气，我正在失去将我交付于这条路途的勇气，但我正在向我们许诺，在这个地狱中我会找到希冀。

——也许不是旧日的希冀。也许甚至不能称之为希冀。

我在斗争，因为我并不想要一种未知的喜悦。那是我未来拯救的禁忌，就像被称作不洁的禁忌生物——为了求救，我痛苦地张开嘴又闭上，因为那时我还没有想到要臆造这只手，我现在臆造了出来，让它握住了我的手。我曾孤独地面对昨日的恐惧，我想呼救，反抗我的第一次去人化。

去人化如此痛苦，仿佛失去了一切，亲爱的，仿佛失去了一切。为了求救，我张开嘴，又闭上，但是我不能也不知该如何发出声音。

我也没什么想发的声音。我的弥留是临死之前想要说话的那种弥留。我知道我在永远作别某样事物，某样事物就要死去，我想要发出的那个词语至少要能概括那即将死亡之物。

最后，我至少发出了一个想法："我在呼救。"

这时我察觉到，我没有什么可去求救的。我没有什么可求的。

突然就是这样。我懂得了，"求救"是一个尚可求助的世界最后的余晖，那个世界已渐行渐远。如果我依然希望求救，是因为我还想抓住我过往文明的余晖，抓住它，以免被我现在希求的一切拖走。在一种没有希望的愉悦中，我已经屈服于它，啊，我已经想要屈服——曾经体验过已然成为一个想要、想要、还想要的地狱的开端……我想要的意志比我拯救的意志更强大吗？

我越来越毫无所求。我既入迷又害怕，看着碎片从我腐烂的木乃伊服饰上干涩地掉落于地，我目睹我从蛹变成了湿润的幼虫，翅膀慢慢地萎缩成焦黑。还有一个全新的、为地面而生的腹部，一个全新的腹部重生了。

我一直盯着那只蟑螂，缓缓地蹲下，直至感觉到身体碰到了床铺，然后，我一直盯着那只蟑螂，坐了下去。

现在我抬起眼睛看着它。现在，它的身子从腰部探出，从上自下地俯视我。就在我对面，我捕获了世界的不洁——解开了活物中的魔法。我失去了思想。

那一刻，又有一毫米厚的白色物质挤到了外面。

那一刻，又有一毫米厚的白色物质挤到了外面。

圣母马利亚，上帝之母，我向你奉献我的生命，换取昨天的那个瞬间不是真的。那蟑螂背着白色物质看着我。我不知道它是否看到了我，我不知道一只蟑螂能看到什么。但是它和我彼此注视着，我也不知道一个女人能看见什么。但如果它的眼睛看不到我，它的存在也让我存在——在我进入的那个原始世界里，以一种相互注视的方式，生灵令其他生灵存在。在我正在认识的这个世界里，有若干种方式，意思都是观看：一个在看另一个却没有看到，一个占有了另一个，一个吃掉了另一个，一个仅存身于一个角落而另一个也在那里：所有这些都意味着观看。蟑螂没有直接看到我，它和我在一起。蟑螂不是用眼睛看我，而是用它的身体。

而我——我看到了。没有办法看不到它。没有办法否认：我的信念与我的羽翼迅速焦化，再也不能使用。我无法再否认。

我不知道我无法否认什么，但是我已经无法再否认了。我也无法自我求救，就像从前，让全部的文明帮我否认我看到的事。

我看到了全部的它，那只蟑螂。

蟑螂是丑陋而闪光的生物。蟑螂是一个反面。不，不，它自己既没有正面也没有反面：它就是如此。它暴露的一切正是我隐藏的：我以暴露在外的一面，做成了不为人知的反面。它看着我。那不是一张面庞。那是一张面具。一张潜水员的面具。它是长了铁锈的宝石。它那两只眼睛如同两只卵巢一般丰产。它看着我，以目光中盲目的繁殖力。它丰饶了我已死去的生育力。它的眼睛是咸的吗？如果我触碰它们——因为渐渐地，我越来越不洁——如果我用嘴触碰它们，我会感觉到咸吗？

我曾经用嘴尝过男人的眼睛，通过嘴里的盐味，我知道他哭了。

但是，当我思考起蟑螂黑色眼睛的盐味时，我突然退缩了，我干裂的嘴唇一直退缩到了牙齿：那可是匍匐于地的爬行动物！房间光线安静的反射下，蟑螂像是一只迟缓的小鳄鱼。房间干枯，震颤不止。我和蟑螂停留在那种干燥中，仿佛停留在一座死火山的干燥地壳。那处荒漠我曾经进去过，在那里我也发现了生命和它的盐味。

又一次，蟑螂的白色部分挤到了外面，也许不到一毫米。

这一次我几乎没有察觉到那物质的微小动作。我吃惊地看着，一动不动。

——直到那时，生命从未在白天到来。从未随着阳光到来。只有在我的夜晚，世界才会慢慢地解体。只是，那在夜晚发生的事，也同时发生在我的内心深处，我的黑暗与外部的黑暗没有区分，早上，当我睁开双眼，世界依旧是一个表面：夜晚隐秘的生命很快便在口中化为一个模糊的噩梦的滋味。但是现在，生命在白天到来。无法否认，显而易见。除非我转移视线。

而我尚能转移视线。

——但是，亲爱的，那地狱已经攻陷了我，有害的好奇心的地狱。我正在出卖我人类的灵魂，因为看见已经愉快地开始吞噬我，我出卖了我的未来，我出卖了我的拯救，我出卖了我们。

"我在求救。"那一刻，我突然无声地大喊，无声，因为嘴巴逐渐被流沙堵住，"我在求救。"我坐在那里，安静地想。但是我从未想过起身离去，仿佛这已经不可能发生。我和蟑螂被埋在一座矿井中。

天平上只有一个托盘。这个托盘装着我对蟑螂深深的拒斥。但是，现在"拒斥蟑螂"只是单纯的词语，我也知道，在我死亡之时，我同样无法被词语迻译。

死亡，是的，我知道，因为死亡是未来，是可以想象的，对于想象，我总是有很多时间。但是这一刻，这一刻——此刻——是不能想象的，在此刻与我之间没有空当：现在，它就在我身上。

——你要明白，死亡我已预先知道，死亡没有对我提出要求。但是我从未体验过那个被称为"已是当下"的时刻的震撼。今天要求我就在今天。从前我从不知道活着的时间没有词语表达。活着的时间，亲爱的，它已是如此的当下，以至于我将嘴贴近了那个生命物质。活着的时间是房门那缓慢而持续的吱吱扭扭，那是两扇又两扇房门持续不断的打开。两扇大门打开了，便再也不能停止敞开。但是，它们不断地开着是为了——为了空无？

活着的时间完全无法表达，以至于成为空无。然而，那被我称为"空无"的事物如此贴近我，以至于它竟是……我？因此，它变得无法看见，就像我看不见我自己，变成了空无。而房门永远不断地敞开着。

终于，亲爱的，我投降了。它变成了一个现在。

终于，亲爱的，我投降了。它变成了一个现在。

　　终于是现在了。只是现在。是这样的：这个国家现在是上午十一点。表面上它像一个绿意盎然的庭院，最为娇弱的表面。绿意、绿意——绿意是一个庭院。我和绿意之间，是空气中的水。绿色的空气之水。我透过满满的一杯水看到这一切。听不到任何声音。房子的其余部分，阴影胀满了。成熟的表面。巴西时间上午十一点。现在。就是现在。现在是充胀到极限的时间。十一点钟没有深度。十一点钟充满了十一个小时，直将溢出绿色的杯口。时间微微颤动，如同一个静止的气球。空气生机勃勃，喘息未定。直到在国歌中，十一点半的钟声切断了气球的绳子。突然，我们全部到达了中午。那将如现在一样葱郁。

　　突然，我从意想不到的葱郁绿洲中醒来，那里，我于片刻中得到了全然的庇护。

　　但我身在荒漠之中。并非只有绿洲之巅才是现在：现在也是荒漠，完全的现在。已是当下。这是我生平第一次完全的现在。这是我所遭受的最大的残忍。

因为现时没有希望，现时没有未来：未来恰恰将再次成为现时。

我害怕极了，而内心竟更为宁静。因为我觉得最终我必须去感受。

看起来我要放弃我留在门后的一切。我知道，我一直知道，如果我穿过那些永远敞开的门，我将进入本质的怀抱。

我知道进入并非是罪。但是它很危险，就像死亡。就像死去却不知道去往何地，这是身躯最大的勇敢。如果进入是罪，那是因为它是我生命中的万劫不复，我再也不能回到从前。也许我已经知道，从这扇门开始，我和蟑螂之间将不再有区别。无论是在我眼中，还是在上帝眼中。

就这样，我在空无中迈出了第一步。是抛弃了我自己的生活，向**生命**迈出的犹豫不决的第一步。脚踩在空中，我进入了天堂，或是地狱：我进入了核心。

我的手拂过额头：我欣慰地注意到我终于出汗了。而不久之前，那种干热还在灼烧着我们俩。现在，我开始湿润了。

啊！我太累了。现在，我希望中断这一切，单纯为了娱乐和休息，在这个艰难的讲述中，插入一个某天我听到的好故事，那是一对夫妻为什么而分手的故事。啊！我知道好多有趣的故事。为了休息，我也可以谈一谈悲剧。我知道悲伤的故事。

流出的汗水让我舒缓了很多。我抬起眼睛，看着天花板。光线交错中，天花板变圆了，让我想起了穹顶。炎热的震颤仿佛唱诗的震颤。只有我的耳朵能感觉到。那是闭着嘴唱的赞美诗，那声音无声地震颤，仿佛被困住了、压抑住了，阿门，阿门。一首感恩一个生物被另一个生物杀死的赞美诗。

那是最为深刻的谋杀：那是一种关系方式，是一种生物令另一种生物存在的方式，一种我们彼此观看、彼此存在、彼此拥有的方式，那场谋杀中没有受害人也没有刽子手，却是一种彼此残忍以对的连接。我的第一场求生斗争。"迷失在峡谷地狱般的炽热中，一位女子绝望地挣扎求生。"

我等待着那无声且压抑的声音过去。但这小小的房间中，壮阔越来越大，在震颤之中，无声的唱诗延展到天花板的裂缝。唱诗并非祈祷：它什么都不求。是以唱诗为形式的受难。

突然之间，蟑螂从裂缝中又吐出了一团洁白松软的物事。

——啊！但我能向谁求助呢？倘若你也——这样，我思忖着，面对一个曾经属于我的男人——倘若你现在也不再帮我忙了。因为像我一样，你曾经想要超越生命，因此你超越了它。但是现在我已不能再去超越生命了，我必须去知晓，我必须前行而再没有你，我曾想去求助的你。为我祈祷吧，圣母，因为不去超越是一种牺牲，而在从前，超越曾是我作为人类的救赎努力，超越可即时见效。超越是一种僭越。但留在如其所是之中，这要求我不去害怕！

我必须留在如其所是之中。

有些事需要被说出，难道你不觉得有些事需要被知晓吗？啊！即便之后我必须超越它，即便之后超越注定从我身上生出，就如活人的气息。

但是，在我知晓之后，我会接受它，如同呼吸的气息——或是如同腐气？不，不是腐气，我悲悯我自己！如果超越注定要降临于我，我希望它从自己的嘴里发出，存在着的嘴，而不是虚假的嘴，张开在胳膊或脑袋上。

带着可怖的喜悦，我仿佛就要死去。我开始感到，如果迈出那惊惧的一步，一切将不可挽回，我正逐渐放弃我的人类救赎。我感到我的内里，尽管是洁白而松软的物质，却拥有从我美丽的银色面庞中迸发而出的力量。再见了，世界的美。现在，于我，美是太过遥远的事，我不再想去拥有——我没有力量再去拥有——也许我从未真正想拥有它，但它太美好了！我记得美的游戏很是美好，美是一种持续的蜕变。

但是我以可怖的欣慰放过了它。蟑螂肚腹中流出来的东西是不可超越的——啊！我并不是说它是美的反面，"美的反面"对我而言没有意义——蟑螂肚腹中流出来的是："今天"，你腹中的果实同受赞颂①——我想要现时，无需一个必将拯救的未来的装点，也无需希望的装点——直到现在，希望给我的只是隐去现时。

但我想要更多：我想要找到拯救，在今天，在已是当下，在正在形成的真实中，而不是在应许中，我想要在此刻找到快乐——我想要在蟑螂肚腹流出的东西中找到上帝——即便这一切，在我过去的人类语汇中，意味着最坏的事，而在人类的语汇中，这意味着如同地狱。

是的，我想要。但同时我用双手握住胃的入口：我不可以！我向另一个人恳求，因为他也从未做到，永远不能做到。我不可以！我不想知道那个我一直称之为"空无"的东西由什么做成。我不想在我如此娇弱的口中直接感受蟑螂眼睛的盐味，圣母啊，因为我习惯的是一层一层的浸透，而不是事物单纯的湿润。

想着蟑螂眼睛的盐味，在即将被迫再迈一步的叹息中，我发觉，我还在使用人类古老的美物：盐。

我也必须抛下盐的美和眼泪的美。我要放下这一切，因为我在看的东西犹比人更古老。

_____

① 此处引用《圣母经》(Ave Maria) 的经文，中文通译为"你的亲子耶稣同受赞颂"。

因为我在看的东西犹比人更古老。

不，那双眼睛里没有盐味。我很确定，蟑螂的眼睛是无味的。对于盐味，我早就做好了准备，盐是我运用的超越，为了感知味道，为了逃避我口中的"空无"。对于盐味，我一向做好了准备，为了盐味，我构造了全部的我。但我的嘴无法理解的是——无味。我完全不知道的是——中性。

中性是我之前称为空无的生活。中性是地狱。

太阳稍微移动了一下，照在我的背上。切成两段的蟑螂也照在阳光下。我不能为你做任何事，蟑螂。我不想为你做任何事。

而且并不是做什么事的问题：蟑螂中性的眼神告诉我并不是这个问题，我也知道这点。只是我无法忍受仅仅在坐着，仅仅在存在，因此我想做点事。做事意味着超越，超越是一条出路。

但是，现在面对的并非这个问题。因为蟑螂不知道什么是希望，什么是怜悯。如果它没被困住，而且比我还大，那它会以中性的快乐杀掉我。就仿佛它生命中那暴力的中性承认，正是因为我没有被困住而且比它还大，我杀死了它。这是我们正身处的荒漠的那种宁静而中性的残忍。

它的眼睛是无味的，并不是我想要的盐味：盐是感觉，是词语，是滋味。我知道蟑螂的中性与它白色的物质一样缺少滋味。我坐着，我在形成。我坐着，我在形成，我正在知道，如果我不把事物称为咸的、甜的；悲伤的、高兴的、痛苦的，或者更为精微的中性色彩——唯有那时，我才会不再超越，才会只存在于事物本身。

这个东西，它的名字我不知道，我看着蟑螂，正在获得不带名字地去称呼这个东西的能力。与这个既没有特征又没有属性的东西接触让我恶心，这个没有名字、没有滋味、没有气味的生命物质让我嫌恶。无味：这滋味现在不过是一种苦涩：我自己的苦涩。那一瞬间，我感觉到一种震颤了整个身躯的幸福，一种可怕而幸福的不适，置身其中，双腿仿佛就要消失，每当我未知的同一性的根脉被触碰时，便会如此。

啊！至少我已经深入了蟑螂的本质，因而不想再为它做任何事。我正在摆脱我的道德，这是一场灾难，既无巨响，亦无悲剧。

道德。与他人相关的道德问题即是应该怎么做就去怎么做，与自己相关的道德问题即是什么应该感觉就去感觉什么，这种想法是否过于天真？我是道德的，因为我会做我应该做的，我会感觉该去感觉的？突然间，我觉得道德问题不仅很压迫，而且太过小气。道德问题，为了更好地协调我们和它之间的关系，它的要求应该更少一些，而同时又要更大一些。因为作为理想，它需要够小，而又不可企及。如果人们实现了，那就是够小；如果没法实现，那就是不可企及。"绊倒人的事是免不了的，但那绊倒人的有祸了！"[①]——这是《新约》的话吗？解决办法是个秘密。道德伦理在于保守秘密。自由是一个秘密。

虽然我知道，即便是秘密的，自由也无法驱除负疚。但是它可以远比负疚更大。我微小的神的部分远大于我人的负疚。上帝远大于我本质性的负疚。因此，比起我的负疚，我更爱上帝。并不是为了开脱或是逃避，而是因为负疚让我变小了。

我已经不想为蟑螂做任何事了。我在摆脱我的道德感——尽管这让我害怕、好奇而又沉迷。我很害怕。我不会为你做任何事，我也在四足爬行。我不会为你做任何事，因为我不再知

---

① 出自《圣经·马太福音》18：7。

道爱的含义，而以前我以为我知道。还有我对爱的思考，我现在也在和它告别，我已几乎不知那是什么，我已经想不起来了。

也许我会找到另一个名字，开始时会太过残酷，太过于是它本身。或许我找不到。当不能给予事物的同一性一个名字时，便是爱吗？

但是我现在知道了一件可怕的事：我知道什么是需要，需要，需要。这是一种新的需要，出现在一个我只能形容为中性与可怕的层面上。这是一种对我的需要没有任何悲悯，也对蟑螂的需要没有任何悲悯的需要。我安静地坐着，流着汗，就像此刻——我看到，比起那些我习惯用名字称呼的事物，有些东西更严肃、更命定、更核心。我，一向将对爱的希望称为爱。

但是现在，在本质、蟑螂与我身体鲜活的困意那中性的现时中，我想要知晓爱。我想知道希冀是不是一种对不可能的让步。或者，是不是一种对已可能的推迟——只是我没有得到，因为害怕。我想要不做应许的当下，它存在，它正在形成。这是我既渴望又害怕的核心。这是我过去从未渴望的核心。

蟑螂用它那双漆黑、多面、闪亮且中性的眼睛触碰着我。

现在，我开始任它触碰我。实际上，整整一生，我都在抵御那个任人触碰的深深愿望——我曾奋力抵御，因为我不能允许我发生那种被我称为善的死亡：人之善的死亡。但是，现在我再也不想抵御了。必须存在一种与善完全不像的全然相异的善。我再也不想抵御了。

我屈服了，以嫌恶、绝望、勇敢。已经为时已晚，但我想这样干。

仅是在那一刻，我才想这样干吗？不是的，不然，我早就离开房间了，或者压根不会看到蟑螂——多少次蟑螂曾出现在我面前，而我却拐向了其他路途？我屈服了，但是我很恐惧，我心碎了。

我曾想过，如果电话此时响起，我需要去接听，那我就得救了！但是，仿佛忆起一个已经灭绝的世界，我记起我已经摘掉了话机。如果不是这样，它会响起，我会逃离房间去接听电话，再也不，啊！再也不回来。

——我想起了你，当我吻着你那张男人的脸庞，慢慢地、慢慢地吻着，当我吻到了你的眼睛之时——我想了起来，我在嘴里感觉到盐味，你眼泪中的盐是我对你的爱。但是，是在盐的最深深处，你那无味的、纯真的、孩子气的本质，将我与爱的恐惧紧密连接起来：在我的吻中，你把至深的无味生命给予了我，吻你的脸无味而忙碌，是耐心的爱的工作，是一个女人在编织一个男人，就像你曾编织了我，生命中性的手工艺品。

生命中性的手工艺品。

有一天我亲吻了咸涩眼泪中那无味的残余，这样，房间的陌生变得清晰可辨，就像经历过的事物。如果之前它没有被认出，那是因为它只是被我最深深处的淡淡鲜血淡淡地经历过。我认出了一切之中的熟悉感。墙上的图案，以一种新的注视方式，我认出了它们。我也认出了蟑螂的警醒。蟑螂的警醒是生命在活着，我自己警醒的生命在活着。

我摸了摸睡袍的口袋，找到一支烟和火柴，我点着了烟。

阳光照射下，蟑螂的那团白色物质干涸了，略微带点黄色。这提醒我流逝的时间比我想象的要长。一片云遮住了太阳片刻，倏然之间，我看到了没有阳光的同一个房间。

并不黑暗，只是没有阳光。这时，我明白了房间因为自身而存在，它并非仅是太阳的炽热，也可以是月亮的冰冷和宁静。当我想象它可能的清月之夜时，我深深地吸气，仿佛进入了一个平静的水库。尽管我知道清冷的月亮同样并非是这个房间。这个房间存在于它自己之中。它是永恒一呼一吸的至大单调。这一点吓坏了我。只有当我成为世界，世界才不会让我害怕。如果我是世界，我将毫不害怕。如果我们是世界，一个精巧的雷达会引导我们。

云散去了，房间的阳光比之前更亮、更白。

有时，蟑螂突然间动了动触角。它的眼睛始终单调地看着我，那是两只中性而丰产的卵巢。在它们中，我认出了我那两只无名的中性卵巢。而我不想要，啊！我真的不想要！

我已经摘掉了话机，但是人们也许会按响我家的门铃，那我就自由了！衬衫！我买了一件衬衫，据说会送货上门，那样，门铃就会响了！

不，不会响的。我将被迫继续辨认。我在蟑螂身上认出了我那次怀孕的无味。

——我记得，当我知道我要流产时，我正在街上走着，医生，对于这个孩子，我所知道的始终只是要流掉他。但是至少我知道了怀孕。在路上，我感觉到了体内这个还不会动弹的孩子，当我停下，注视着橱窗，看见人像模特在微笑时。当我走进餐厅吃饭时，孩子的毛孔在吞吃，仿佛盼食的鱼嘴。当我走路时，当我走路时，我怀揣着他。

无休无止的时间里，我走在路上，下定流产的决心，然而，它早已被决定，和您一起，医生，在这些时间里，我的双眼肯定也是无味的。走在路上，我也不过是中性原生动物那千万只纤毛在拍动而已，我已经在我身上认识了那只腰腹截断的蟑螂闪亮的眼神。我走在路上，嘴唇干裂，医生，活着，对我是犯罪的反面。怀孕：中性生命活着、移动着，而我被抛入了它那恐怖的欢乐之中。

当我注视着橱窗，医生，我的嘴唇干裂，仿佛不用鼻子呼吸之人，当我看着人像模特一动不动地微笑，我被中性的浮游生物充满了，张开了那张安静而窒息的嘴，我对您说过："医生，最让我烦恼的是我喘不过气。"浮游生物给了我颜色，塔帕约河是绿色的，因为它的浮游生物是绿色的。

当夜晚到来，我仍然在下已经决定的流产决心，我躺在床上，以我那千百只复眼，窥视着黑暗，以我那因呼吸而变黑的嘴唇，不去思考，不去思考，下定决心，下定决心：那些夜晚，因为浮游生物，我慢慢变成了黑色，就像蟑螂的物质变成了黄色，我的逐渐变黑标志着时间的流逝。这一切难道是对那孩子的爱？

如果这是爱，那么爱远不止于爱：爱比依然爱更早：是浮游生物在斗争，是活生生的伟大中性在斗争。就像这腰腹受困的蟑螂的生命。

对于生命造就的静默，我一直存有畏惧。这是对中性的畏惧。中性是我最深刻最鲜活的根——我看着蟑螂，知道了这点。直到看见蟑螂的那一刻，我始终用某个名字称呼我经历的一切，不然我就无法自我拯救。为了从中性中逃脱，很久以前我就抛弃了真我，换取了人格，换取了人的面具。当我得以变成人时，我便摆脱了荒漠。

我摆脱了荒漠，是的，但是我也失去了它！我还失去了森林，失去了空气，失去了我体内的胚胎！

然而，那只中性的蟑螂，无法命名为痛苦，或者是爱。它唯一的生命区分在于它要么是公的，要么是母的。我只把它当作母的，因为腰腹被压扁的都是母的。

我熄灭了香烟，它已经烧到了指尖，我用拖鞋仔细地在地板上把它熄灭，我交叉的双腿汗水涔涔，我从未想过腿也会出那么多汗。我们两个，被活埋的两个。如果我是勇敢的，我会擦干蟑螂的汗水。

它在自身之中感觉到的与我用眼睛在它身上看到的是否相同？在多大程度上，它利用了自身，利用了曾经的它？它会至少以某种间接的方式，知道自己在地上爬行吗？或者，爬行并非一个人在做的时候能知道的事？对别人眼中的我，我又知道什么？我怎么知道自己是不是肚皮朝下贴在尘埃弥漫的地板上爬？真实有目击者吗？存在就是不知道吗？如果一个人不去看也看不到，真实依然存在吗？真实甚至无法传递给看到的人？这就是成为一个人的秘密吗？

如果我愿意，即便是现在，等一切都过去了，我依然可以阻止我的看到。那样，我将永远不会知道这个我正试图穿行其中的真实——一切取决于我！

我注视着这个干涸、洁白的房间，我只看见了坍塌后的沙砾，一层叠一层。我所在的宣礼塔是坚硬的金子所造。我置身于不接受我的坚硬的金子中。而我需要被接受。我很害怕。

——圣母：我杀死了一条生命，在现在，在我们存身于荒漠的时刻里，没有任何臂膀会接受我，阿门。圣母，现在一切都变成了坚硬的金子。我打断了一件有序的事物，圣母，这比杀戮还严重，这让我进入了一条裂缝，向我展示了比死亡更糟糕的事，向我展示了一种厚重而中性的生命在慢慢变黄。蟑螂还活着，它的眼睛是丰饶的，我害怕我声音的喑哑。

因为我的喑哑是正享受温和地狱之人的喑哑。

这喑哑——属于拥有快乐的人。于我，这地狱很好，我正在享受我流出的洁白鲜血。圣母啊，蟑螂来自真实，而非一个蟑螂的理念。

——圣母啊，我只是想去杀戮而已，但是你看我打破了什么：我打破了一个外壳！杀戮是禁忌，因为坚硬的外壳打破了，只留下膏状的生命。一颗厚重、洁白、鲜活的心从壳里如脓液一般流出，圣母啊，你在蟑螂中受赞颂①，在现在，在这个存有你给我的死亡、蟑螂和珠宝的时刻。

仿佛说出"圣母"这个词释放了我内心厚重而洁白的那一部分——突然，唱诗那强烈的震颤停了下来，宣礼塔安静了下来。就像一场深深的呕吐之后，我的额头感到了轻松、清新与清凉。甚至再没有了害怕，甚至再没有了惊吓。

---

① 此处化用《圣母经》（*Ave Maria*）中的经文"你在妇女中受赞颂"。

甚至再没有了害怕，甚至再没有了惊吓。

难道我吐出了我最后的人类残余？我现在不再求救了。白日的荒漠就在我面前。现在，唱诗又开始了，但是以另一种方式，现在，唱诗是炽热那沉闷的声音折射在墙壁和天花板上，折射在那个圆形穹顶上。唱诗是湿热的震颤。而我的害怕现在也不同了：不再是即将进入者的害怕，而是已经进入者更宽广的害怕。

太过宽广了：是对我不再恐惧的恐惧。

因此，我以无畏看着那只蟑螂。我看到：对于其他物种，这是一种毫无美感的生物。当我看到它，从前的小小恐惧回返了片刻："我发誓，我会做你们希望我做的事！但是不要把我关在蟑螂的房间里，因为一件巨大的事会发生在我的身上，我不想要其他物种！我只想要人类。"

但是，当我微微退缩时，唱诗只是更强烈了，于是我安静下来，不再做任何动作来帮助自己。我已经放弃了我自己——在我走过的路的起点，几乎可以看见我丢弃的身体。但是时不时地，我依然呼唤着它，我依然呼唤着我。因为再也听不到我的回答，我知道我已经将自己抛置在不由掌控之地。

是的，对于其他物种，蟑螂是毫无美感的生物。看它的嘴：如果它有牙齿，那肯定是巨大而发黄的方形牙齿。它会尽其可能地显形，而我憎恨阳光，因为它让一切显形。我用睡袍的边角擦了擦额头，同时盯着蟑螂的眼睛，我的眼睛也长着同样的睫毛。但不洁之物，你的眼睛无人触碰。只有另一只蟑螂想要这只蟑螂。

至于我——今天谁想要我？谁曾和我一样沉默？谁和我一样，将恐惧称为爱？把想要称为爱？将需要称为爱？谁和我一样，知道自从我被画在洞穴的石壁上，我的形式就没有改变过？我一直和一个男人与一条狗在一起。

从现在起，我可以用我编造的名字称呼每一样事物：在这个干枯的房间里可以，因为每个名字都适用，因为没有名字适用。穹顶那干枯声响中的一切都可以用一个东西命名，因为任何东西都将会变成同样的暗哑震颤。蟑螂巨大的本质使得任何东西只要进入——无论名字还是人——都会失去虚假的超越性。一切之中，我仅仅看到以及恰恰看到它身体的白色呕吐物：我只看到事实和事物。我知道我身在不可化约之中，尽管不知道到底什么不可化约。

但是，我也知道，不知道不可化约的法则不能成为我的借口。我不能再借口说我不知道这条法则——因为自我认知与认识世界是一条即便无法实现也不能去违反的法则，因此，没人可以拿不知道当作借口。更糟的是：蟑螂和我并非面对一条我们必须服从的法则：我们自身就是那条我们服从却并不知道的法则。这是更新后的原罪：我必须遵守我不知道的法则，如果我不遵守我的无知，我将触犯生命的原罪。

天堂乐园中，谁是怪物？谁不是怪物？在房屋与公寓之间，在高楼之间的高空里，在这个空中花园里——谁是怪物？谁不是怪物？对于甚至不知道什么在看我，我能忍到什么程度？这只原始的蟑螂看着我，它的法则看着我的法则。我感觉到我就要知道了。

——不要在此时抛弃我，不要让我独自做出已经做出的决定。是的，我仍然渴望躲避在我本身的脆弱中，以狡黠而又真实的理据辩解，说我的肩膀是女人的肩膀，太脆弱，太纤细。每当我需要，我总会拿我是个女人当作借口。但是我清楚地知道并非只有女人害怕去看，任何一个人都害怕看到上帝是什么。

我害怕上帝的脸，我害怕墙上画着的我那终极的赤裸。美，是那簇新的毫不美丽，与我之前一直称为美的毫无关系，我因此很害怕。

　　——递给我你的手。因为我不知道我在说什么。我想这一切都是我编造的，一切都不存在！但是如果我编造了昨天发生在我身上的事——谁又能保证我没有编造我昨天之前的整个生命呢？

　　递给我你的手。

递给我你的手。

现在我要告诉你我是如何进入这不可表达之地，一直以来，我都在盲目而隐秘地寻找它。我要告诉你我是如何进入数字 1 和数字 2 之间的空当里，我是如何看到神秘的线条与火焰，那是一根潜藏的线条。在两个音符之间存在着一个音符，在两个事实之间存在着一个事实，最为接近的两颗沙砾之间也存在着一个空当，感觉的内部依然存在着感觉——神秘的线条与火焰存在于原生物质的间隙里，那是世界的呼吸，是世界不间断的呼吸，是我们听到并称之为沉默的物事。

我正在抵达原生物质的那团温和的神秘之火，我没有使用我的任何特性作为工具——我正剔除了我所有的特性，只用鲜活的内在行走。为了做到这一点，我抛弃了我的人类组织——为了进入这件可怕的物事之中，那是我鲜活的中性。

——我知道，握住我的手很难受。待在这处空气稀薄的坍塌矿井里很难受，我将你带到这里，并非出于对你的悲悯，而是对我的悲悯。但我发誓我会把你活着带出去——哪怕我撒谎，哪怕对于我的亲眼所见，我没说实话。我会把你从恐惧中拯救出来，而此刻我需要你。此刻，我对你充满同情，我紧紧抓住你。你曾天真无邪地把手递给我，因为我握住它，我才有勇气深深地进入。但是你不要试图理解我，你只需要陪伴我。我知道，一旦你知道，你会放开你的手。

我该如何补偿？你至少要利用我，至少要把我当成黝黑的隧道来使用——当你穿过我的黑暗，你会在另一端遇到你自己。也许你不会遇到我，我不知道我是不是能穿过，但是你会遇到你自己。至少你不会孤身一人，就像我昨天那样孤独，昨天我只能祈祷，以求活着出来。不仅仅活着——如同那只原始而可怕的蟑螂那般仅仅是活着——而是如同一个人一般，井然有序地活着。

同一性——同一性是首要的固有属性——同一性是我正放弃的这个吗？还是我已经进入的这个？

同一性于我是禁忌，我知道。但是我将冒险尝试，因为我相信我未来的怯懦，正是我本质的怯懦，会将我重新组织成人。

并非仅仅通过我的怯懦。我将通过我降生时的仪式重组，仿佛生命的仪式固有于精液的中性之中。同一性于我是禁忌，但我的爱如此巨大，因此我无从抵御进入神秘织物的意志，进入这个也许再也不能离开的浓浆之中。然而，我的信仰至为深刻，因此如若我无法离开，我知道，即便在我全新的不真实中，我的生命里也有上帝的浓浆。

啊！但同时，我怎么能希望我的心看见？如果我的身体如此虚弱，以至于不能直视太阳而不令眼睛流泪——如果我在赤裸之中感觉到了同一性：上帝，那我又如何能阻止我的心在有机体的眼泪中闪烁？我的心盖上了千张毛毯。

我生存于至大的中立真实中，它在极端的客观性中超越了我。我感到无法如我能企及的真实一般真实——在歪曲之中，我是否开始如我之所见一般赤裸裸地真实？然而，以真实的非真实之感，我经历着全部的真实。难道我所经历的并不是真实，而是真实的神话？每次我经历真实，都是通过不可抗拒的梦的印痕：不可抗拒的梦是我的真实。

我在试图告诉你我如何抵达了我的中性与不可表达。我不知道我是否理解我所说的，我在感觉——而我很害怕感觉，因为感觉只是存在的一种风格。然而，我将穿过充胀空无的麻木湿热，我将不得不通过感觉来理解中性。

中性。我在谈论连结事物的生命要素。啊！我不害怕你不理解，我害怕的是我理解错误。如果我不能理解自己，我会因我经历的一切而死。现在，让我告诉你最惊悚的部分：

我被恶魔引导着。

因为不可表达状如魔鬼。如果人不与希冀立约，魔鬼就会存活。如果人有勇气放弃感觉，他会发现极尽繁忙的静谧那广阔的生命，一如蟑螂之中的存在，一如星辰之中的存在，一如他自身之中的存在——魔鬼比人要久远。如果人看到了现时，他会燃烧起来，如同看到了上帝。神圣的前人类生命是正在燃烧的现时。

神圣的前人类生命是正在燃烧的现时。

我和你说：我害怕一种开始占据我的盲目而凶猛的快乐。它让我迷失。

自我迷失的快乐是一种安息日的快乐。自我迷失是一种危险的自我发现。在那个荒漠中，我正在体验事物的火焰：那是一种中性之火。我依靠造就事物的织物而活。那是一处地狱，因为，在我生活的世界里，没有悲悯也没有希冀。

我进入了安息日的狂欢。现在我知道狂欢的夜晚，山中的黑暗里会发生什么。我知道！我以恐惧知道：是事物在欢愉。造就事物的那个东西在享受——这是黑魔法生冷的喜悦。我依靠这种中性而活——中性是我真正的培养基。我在前行，感受到地狱的快乐。

而这种地狱并非痛苦的折磨！它是快乐的折磨。

中性不可解释，是活生生的，请试着理解我：就像原生质、精液和蛋白质，都是一种活生生的中性。我焕然一新，仿佛刚受启引。仿佛之前我的味觉被盐和糖惯坏了，我的灵魂被快乐和痛苦牵引——我从未感受过原初的味道。现在我感到了空无的味道。我迅速戒掉了坏习惯，那滋味是全新的，就像母乳只有孩子的嘴才能品尝。随着我的文明与人之本性的坍塌——对我来说，这是充满怀念的痛苦——随着人之本性的丧失，我狂欢一般地感觉到了事物同一性的滋味。

感觉是很艰难的。直到那时，我因多愁善感而臃肿不堪，当我去品尝真正的同一性的味道时，这种味道如此无味，竟像嘴里尝到了一滴雨。亲爱的，它是可怕的无味。

亲爱的，这就像最为无味的甘露——就像空气，本身没有味道。直到那时，面对事物的滋味，我被惯坏的感官沉默不言。但我那古老与邪恶的渴指引我隐秘地摧毁了所有的构造。罪一般的渴引导着我——现在我知道，感觉这种几近空无的滋味是神祇隐秘的快乐。空无就是神——神没有滋味。

但这是最为初始的快乐。终于，终于，只剩这种快乐！它是与人－基督－情感这一极相对的另一极。通过这一至为初始而邪恶的快乐之极，我第一次遥遥地感知到——真的存在对立的一极。

我清除了自己中的情感之毒，我干净得足以进入一个神圣的生命，一个毫无恩典的原始生命，至为原始的生命，仿佛从天而降的吗哪[①]，没有任何味道：吗哪就像雨，没有滋味。感受这种空无的滋味是我的万劫不复和快乐的恐惧。

啊！我未知的爱人，请记住，我被困在坍塌的矿井中，此时，这个房间变成了一种无可表达的熟悉，如同梦境中逼真的熟悉。就像在梦中，我无法向你再现梦的氛围的主要颜色。就像在梦中，"逻辑"是不同的，这种逻辑在醒来时没有意义，因为梦最大的真实已经消失了。

但是，请记住，当我醒来，被日光定住了身形，这一切才会发生，而即便没有夜晚的麻醉，梦的真实也会发生。请你清醒地与我同睡，只有这样，你才会知道我深深的酣眠，知道什么是活生生的沙漠。

我坐在那里，突然，一种全然坚硬的不带一点松软的疲惫攻陷了我。差一点就将我变成了石头。

这样，我小心翼翼，仿佛身体已经瘫痪，躺在了粗糙的床垫上，我蜷缩起来，立即睡了过去，就像一只蟑螂在竖立的墙上入睡。我的酣眠中没有人类的稳定：那是一种蟑螂能在石灰

---

① 吗哪（希伯来语：מן；英语：Manna），天主教思高本译作玛纳。根据《圣经》和《古兰经》，吗哪是古代以色列人出埃及时，在四十年的旷野生活中，上帝赐给他们的神奇食物。

墙表面入睡的平衡能力。

当我醒来，房间里的阳光更白了，更加烧灼地停伫着。我从睡眠中醒来，我那短短的四足曾紧紧抓住它毫无深度的表面，而此刻，我冷得浑身发抖。

但随后，那种僵硬过去了，在阳光的灼烧下，我又一次感到窒息，仿佛陷于桎梏。

应该已经过了中午。在做出决定之前，我站了起来，我试图将窗户开大一点，尽管毫无用处，我试图呼吸，即便那是视觉的广阔在呼吸，我在寻找一种广阔。

我在寻找一种广阔。

从那个嵌入楼宇山石中的房间，从我这幢宣礼塔的窗子，我遥望着层层叠叠无垠扩展的屋顶在阳光下静静地炙烤。公寓楼如同蹲伏的村庄。体量上超越了西班牙。

乱石林立的峡谷之外，楼宇的水泥之间，我看到山上的贫民窟，我看到一只羊缓缓地爬上了山。更远处延伸着小亚细亚的高原。从那里我静观着一个当下的帝国。那是达达尼尔海峡。再远处是崎岖的山脊。你庄严的单调。阳光下，你帝国的辽阔。

再往远处，是沙漠的开始。赤裸而炽热的沙漠。当黑夜降临，寒冷将吞噬沙漠，那里让人瑟瑟发抖，就像在沙漠的夜晚中。更远处，盐湖与蓝色闪闪发光。那一边肯定是盐湖麇集之地。

湿热颤抖的波涛下，是单调。透过公寓的其他窗子和水泥露台，我看到阴影和人群的来来往往，仿佛最早的亚述商人。

他们为了小亚细亚的控制权而争斗。

也许我已经挖出了未来——或者，我抵达了古老的深处，如此遥远、如此未来，我那双挖出了一切的手竟无法怀疑。那里，我站着，就像一个身着圣衣的孩子，困倦的孩子。然而是个爱钻研的孩子。这座楼宇的顶上，当下静观着当下。正如公元前的第二个千纪。

而我，我现在已经不再是一个爱钻研的孩子。我长大了，变得如同一个女王一般简单。国王、斯芬克斯和狮子——这是我生活的城市，一切都已灭绝。我幸存下来，困在一块坍塌的石头里。仿佛静默认为我的一动不动是死亡，所有人都忘记了我，他们离开了，却没有把我移出，我被视为死者，观看着一切。我观看之时，真正死者的沉默日渐侵入我，仿佛常青藤侵入了石狮子的口中。

因为我当时自己也确信。我会最终死于那困住我四肢的坍塌石头之下的空——因此我看着，就像再也不会讲出这一切的人。我看着，不带有半点责任，因为我既不讲给他人，也不讲给自己。我看着，就像永远不需要理解所见之事的人。就像壁虎凭本性去观看，而并不需要记住。壁虎在观看——就像独眼在观看。

我可能是第一个踏足那个空中堡垒的人。五百万年前，也许最后一个穴居人也在同一个点观看过，从前这里应该有一座山。之后，它被风化侵蚀，变成了一处空旷之地，之后，这里再一次建立起城市，而城市再遭风化侵蚀。现在，这块土地上居住着不同人种。

我站在窗前，有时我的眼睛会停驻在蓝湖上，也许那只是天空的一角。但是，我厌倦了湖泊，因为蓝色是强烈的光线导致的。因此，我金星缭乱的双眼转向那赤裸而炙热的沙漠，至少它没有硬邦邦的颜色。三千年后，秘密的石油将从这些沙子里喷涌而出：为了崭新的当下，当下打开了巨大的视野。

今天，我暂时生活在那种静穆之中，三千年后，历经风化侵蚀与新的建设，这里将再次成为阶梯、起重机、人类和建筑。我生活在未来的前史中。就像一个从未有过子女却在三千年后生儿育女的女人，我此刻依靠那三千年后喷涌的石油而活。

如果我最晚在傍晚进入了房间——今天晚上依然会是满月，当我想起昨晚露台上的聚会时，我想到了这一点——我会看见满月在沙漠上升起。

"啊！我想回家。"我突然请求，因为潮湿的月亮令我怀念我的生活。但是从那个平台上，我得不到一丝黑暗与月色。只有炙热，只有不定的风。没有水壶给我喝，没有食盒给我吃。

但是也许，不到一年之后，我会有一个发现，没人意料得到，连我自己都没有。一个金子的圣杯？

因为我正在寻找我城市的宝藏。

里约热内卢，一个金子与石头的城市，阳光下的居民是六十万乞丐。城市的宝藏可能藏在砾石的某个缝隙中。但哪个缝隙呢？那个城市需要进行一次制图。

我抬起眼睛，沿着越来越陡的山形，望向越来越远之地，在我面前，巨大的楼宇群伫立着，形成了一幅沉重的图案，尚未在地图上标明。我继续向前看，寻找山上某个要塞的遗迹。抵达山巅后，我由着双眼环视四周。在脑海中，围着半毁的贫民窟，我画了一个圆，我知道，从前，在那里，可能存在一个如同巅峰时期的雅典一般巨大而整洁的城市，商品外摆于街头，孩子们在其中奔跑。

我观看的方式全然客观：我直接迎向视野中的显眼事实，绝不允许看不见的暗示主导我的前行；我已经做好了万全的准备，迎接我的震惊。即便显眼事实完全背离了我通过平静的谵妄而在心里确定的一切。

我知道——我自己是唯一的人证——在这场找寻开始之时，我完全不知道哪一种语言将慢慢地向我显现，以便有一天我能够抵达君士坦丁堡。但我做好了准备，要在房间中忍受我们气候中的这个炎热而潮湿的季节，以及随之而来的蟒蛇、蝎子、

106

狼蛛和成千上万只蚊子，它们会在城市倒塌时出现。我知道，有很多次，当我风餐露宿时，我必须和牲畜睡在同一张床上。

此刻，太阳在窗户前炙烤着我。只有今天，太阳完全照到了我。但是，确实，当太阳完全照到我时，因为我站立着，我便成了阴影的来源——那里保存着我清凉的羊皮水袋。

我需要一台十二米的钻机，需要骆驼、山羊和绵羊，需要一根导管；我需要直接使用本义的广阔，因为在一个简单的水族箱中，不可能再现海洋表面的丰富氧气。

为了保持我的工作热情昂扬不落，我努力不去忘记地质学家已经知道撒哈拉地下藏着一个巨大的淡水湖，我记得我读过这个。而且，还是在撒哈拉，考古学家已经挖出了家用器具和古老居住点的遗迹：我已经读过，七千年前，在那个"恐怖之地"发展起了昌盛的农业。沙漠有一种湿润，需要重新发现。

我该如何工作？为了固定沙丘，我必须种植两百万棵绿树，尤其是桉树——我一向有睡觉之前阅读的习惯，关于桉树的特性，我读过很多。

工作开始时，我不能忘记我已经准备好了犯错。不能忘记，很多次，错误变成了我的路途。每当我想的或感觉的不准确时——便开出了一条缝隙，如果我之前有勇气，早就走入其中。但我总是害怕谵妄和错误。然而，我的错误，应该是通向真实的道路：因为当我犯错时，我才会离开我认识与理解的事物。如果"真实"是我理解的一切——那它不过是一个小真实，一如我的大小。

真实恰恰必须存在于我永远无法理解之处。这样，之后，我会理解自己吗？我不知道。未来之人会理解今日的我们吗？他会漫不经心地，以一种漫不经心的温柔，抚摸我的头，就像我们抚摸那只小狗，它接近我们，以无声而受苦的双眼，从它的黑暗深处看着我们。他，未来之人，会抚摸我们，遥遥地理解我们，就像我之后将遥遥地理解我自己，犹自带着对痛苦时光的已逝的回忆的回忆的回忆，并不知道我们的痛苦时光终将过去，就像孩子并非静态的孩子，而是一个正在成长的生灵。

好吧，除了用桉树来固定沙丘，若有必要，我还不能忘记，水稻可以在盐碱地中繁茂地生长，高含盐量有助于稀疏密度；这让我也想起了睡前阅读，我故意选择和人无关的读物，以便助我入眠。

我还需要什么工具来挖掘？我需要十字镐，需要一百五十把铁锹，需要卷扬机，尽管我不知道到底什么是卷扬机，需要配备钢制车轴的重型车厢、便携式钢炉，还有钉子和绳索。至于充饥，充饥我依靠一千万棵椰枣树上的椰枣，还有花生和橄榄。我必须提前知道，在我的宣礼塔上的祈祷时间，我只能向沙子祈祷。

但是从我降生起，我就已经准备好向沙子祈祷：我知道如何祈祷沙子，为此我不需要事先训练，就像马孔巴^①信徒从不向事物祈祷，而是祈祷事物。我早已做好准备，恐惧将我训练得很好。

我记得那件深深镌刻在我记忆中的事，到那一刻，它都是无用之事：阿拉伯人和游牧民族将撒哈拉称为赫拉，将空无称为塔内斯鲁夫，将恐怖之地称为提尼里^②，即草场之外的土地。

为了祈祷沙子，我和他们一样，早被恐惧训练好了。

我再一次热坏了，转而探寻着巨大的蓝色湖泊，将干涸的双眼沉入其中。湖泊，或者天空的光斑。湖泊不美也不丑。唯有它令我的人形存在心惊胆战。我尝试着想象黑海，想象波斯人从隘口走出——但是在这之中我没有发现美或是丑，只有世界百年为纪的无尽更迭。

突然，我再也无法忍受了。

我猛地转回房间的内部，它的炙热中，至少无人居住。

---

① 巴西民间宗教，具有非洲宗教影响。
② 以上三处分别为 El Khela、Tanesruf、Tiniri，为阿拉伯语或图阿雷格语的音译。

我猛地转回房间的内部，它的炙热中，至少无人居住。

不，在这一切之中，我既没有发疯，也没有解离。这只是一次视觉冥思。冥思的危险在于不经意间便开始了思考，而思考已不再是冥思，思考会导向一个目标。在冥思中，最不危险的是"观看"，它抛舍了思想的词语。我知道现在有一种电子显微镜，可以将一个物体的形象放大到其自然大小的十六万倍——但我不会将通过这个显微镜看到的图像称为幻象，尽管再也无法认出那增大到怪异的小小物事。

我的视觉冥思会犯错吗？

绝对有可能。但是，即便我以纯粹的双眼观看，看到一把椅子或是一个陶罐，我也会犯错：我对陶罐或者椅子的目击在很多方面都有缺陷。错误是我命定的工作方式。

我重新坐在床上。但是现在，看着蟑螂，我已然知晓了更多。

看着它，我看到了利比亚沙漠的广阔，靠近埃尔舍勒城的地方。蟑螂比我早了几千年，也比恐龙早很多。面对蟑螂，我已经能看到远处的大马士革，地球上最古老的城市。在利比亚的沙漠里，有蟑螂和鳄鱼吗？我一直不愿意去想我早已想过的事：蟑螂和龙虾一样可以吃，蟑螂也是甲壳纲。

我只会对如鳄鱼一般的爬行感到恶心，因为我不是鳄鱼。我害怕鳄鱼那鳞片层叠的静默。

但是对我而言，恶心是必要的，就像对于促进水中生物繁殖，水体污染是必要的。恶心引导着我，丰饶了我。通过恶心，我看到了加利利①的一夜。加利利的那一夜就像黑暗中一团沙漠在移动。蟑螂是一团黑在移动。

我正在体验终将经过的地狱，但我不知道我将仅仅经过，还是停留于此。我正在知晓，这个地狱无比可怕又无比美好，也许我宁愿留在其中。因为我正看着蟑螂深沉而古老的生命。我正看着那个深如一个拥抱的静默。太阳既热在利比亚的沙漠中，也热在其自身之中。大地就是太阳，我以前怎么没发现大地就是太阳呢？

然后，即将发生——在利比亚沙漠中一块裸露干燥的岩石

---

① 巴勒斯坦地区，耶稣的故乡。

上——即将发生两只蟑螂的爱情。我现在知道了那是什么。一只蟑螂在等待。我看到棕色物体的那种沉默。现在——现在我看到在沙粒之中，另一只蟑螂缓慢而艰难地朝着岩石进发。岩石之上，几千年前的洪水已经干涸，两只蟑螂同样干涸。一只是另一只的沉默。这是杀手们的相遇：世界极尽地彼此依存。一种全然静寂的鸣声在岩石上震颤，而我们，直至今日，依然与那鸣声一起震颤。

　　——我向自己应许下有一天我要拥有同样的静默，我向我们应许下我现在学会的一切。只是对于我们，必须在夜晚发生，因为我们是湿润的带着咸味的生物，我们是海水和泪水的生灵。也会如蟑螂一般完全睁开双眼，但必须只在黑夜发生，因为我是湿润深处的生物，我不了解干涸水池的尘埃，岩石的表面不是我的家。

　　我们是需要潜入深处才能呼吸的造物，就像鱼潜入水中呼吸，只是我的深处是夜晚的空气。夜晚是我们的潜伏状态。夜如此湿润，以至于植物生长。房间里的灯熄灭了，为了更清楚地听到蟋蟀的叫声，为了蚂蚱在叶子之上行走而几乎不会触碰，叶子，叶子，叶子——在夜晚，温柔的渴望通过空气的空来传播，空是一种运输工具。

　　是的，我们的爱不是白日沙漠里的那种爱：我们是浮游之物，夜晚的空气潮润而甜美，我们带着咸味，因为汗水是我们的排泄物。很久以前，我和你在一处洞穴中被画在一起，和你一起，我从黑暗的深处游到了今天，我用无数的纤毛浮游——我是石油，只是在今天喷涌而出，那个非洲黑女人在我家里画出了我，便让我在一处墙壁上破土而出。我不眠不休，如同终于喷涌的石油。

——我发誓这就是爱。我知道这一切，只因为我坐在那里，正在知晓。只有在蟑螂的烛照下，我才知道我们之前所有的一切已然是爱。需要一只蟑螂让我痛苦，就像拔掉我的指甲——这样，我便再也无法忍受折磨而说实话，我在检举。我再也忍受不了，我在坦白我已经知道了一个没有任何可用性和适用性的真实，而我害怕使用它，因为我还不够成熟，不能做到运用真实而不毁掉自己。

如果你可以通过我来知晓，不用承受折磨，不用被衣柜门压成两半，不用打破你那随着时间干涸成石头的恐惧外壳，不用像我的壳这样不得不被钳子大力敲破，如此才能抵达我的柔软中性——如果你可以通过我来知晓……那么就向我学习吧，我不得不全然地暴露在外，失去所有刻着名字首字母的行囊。

——看透我吧，看透我，因为我很冷，失去龙虾的外壳很是寒冷。用你对我的看透来温暖我，来理解我，因为我并不理解我自己。我只是爱着蟑螂。这是一种地狱般的爱。

但是你很害怕，我知道你一向害怕仪式。但是当一个人深受折磨，直到成为一个核心，他就会魔鬼一般地希望去侍奉仪式，即便仪式是一种自我消耗的行为——就像为了拥有一根香，唯一的方法是点燃一根香。听着，因为我很严肃，就像一只长满纤毛的蟑螂。听着：

当一个人成了自身的核心，他便不会再有分歧。这样，他是他自身的庄严，不会再害怕因为侍奉消耗性的仪式而消耗自身——仪式是核心生命自身的进行过程，仪式并非外在于他：仪式是他固有的一部分。蟑螂在其细胞中有其仪式。仪式——请相信我，因为我觉得我在知晓——仪式是上帝的标志。每个孩子都带着同样的仪式出生。

——我知道：我们两个一直害怕着我的庄严与你的庄严。我们曾以为那是形式的庄严。我们总是掩饰我们知道的事：活着一向是生与死的问题，从中诞生了庄严。我们也知道，虽然并不是天赐神恩的那种知道，我们是内在于我们的生命，我们侍奉着自己。我们生来唯一的命运是仪式。我将谎言称作"面具"，其实并不是：那是庄严的本质面具。我们必须戴上仪式的面具来彼此相爱。甲虫生来就戴上了自我实现的面具。因为原罪，我们失去了我们的面具。

我看到：蟑螂是一种甲虫。全部的它只是它自己的面具。蟑螂的笑容深深缺乏，通过这一点，我察觉到它战士般的凶猛。它很温顺，但它的机能是凶猛的。

我很温顺，但我活着的机能是凶猛的。啊！前人类之爱侵袭了我。我明白了，我明白了！活着的方式是一个秘密，它如此隐秘，竟像一个秘密在沉默地爬行。这是沙漠中的一个秘密。我肯定已经知道。因为，在两只蟑螂之爱的烛照下，我想起了一次真正的爱，我曾经拥有过，但并不知道我拥有——因为爱是我在当时对一个词语的理解。但是，有些事必须说出来，必须说出来。

但是，有些事必须说出来，必须说出来。

——我要告诉你一些我从未告诉过你的事，也许这正是缺少的那一部分：说出。如果我没说，不是因为我吝于去说，也不是因为我的沉默如同蟑螂，更多用眼睛说而不是用嘴巴。如果我没说，那是因为我不知道我自己知道——但是现在，我知道了。我要告诉你我爱你。我知道我以前也对你说过这句话，我知道我和你说这句话时也是真心的，但是只有在此刻，我才真正地说出。我需要说出，在我……啊！但是要死的是蟑螂，不是我！我不需要写这封死囚的信……

——不，我不想拿我的爱来吓你。如果你被我吓到了，我也会被自己吓到。不要害怕痛苦，我此刻非常确定，一如我确定在那个房间里我是活的，那只蟑螂也是活的：我确定一切事物都会有或多或少的痛苦。痛苦并不是被人们称为痛苦的那种事物的真实名字。听我说：对此我正在拥有确信。

因为，现在我不再挣扎了，我安静地知道蟑螂就是那一只，而痛苦并非痛苦。

啊！如果我早点知道在这个房间里会发生什么，我会在进去之前多拿几支烟：渴望抽烟让我痛苦。

——啊！有些事我们已经历却从不知晓，如果我能将那段唯有在此刻鲜活无比的回忆传达给你该有多好！你愿意和我一起回想吗？哦！我知道那很难：但这是为了让我们朝向自己走去，而不是超越自己。现在，你不要害怕，你很安全，因为至少这已经发生了，除非你认为知道已经发生的事是危险的。

因为，当我们相爱时，我不知道，尽管并没有那种我们称作爱的事物，爱却在恰如其分地发生。爱的中性，正是我们曾经经历却鄙视的事。

我在说的是，当什么都没有发生时，我们把这种什么都没有发生称作空当。但这种空当又是什么样的呢？

它是一朵巨大的花在绽放，以自身全部胀满，我的视野辽阔而颤抖。我注视的事物，很快会在我的目光中凝固，变成了我的——但是并非一种永久的凝固：如果我用手握住它，就如同握住一块凝结的血，在我的指尖，那块固体会重新融化成血液。

只是时间并非全然液态，因为，为了让我用手撷住事物，

117

事物必须如同果实一般凝固。在我们称之为空与静的空当之中，在我们认为爱已经停止之时……

我想起当时我喉咙很痛：扁桃体肿大，我的体内很快凝固了。我和你讲，融化很容易，因为我的嗓子不疼了。就像夏日的冰川，融化成河水奔流。我们的每一个词语——在我们称作空当的时间里——每一个词都如此轻盈、如此空灵，仿佛一只蝴蝶：内心的词语飞舞到了嘴边，词语已被说出，但我们听不见，因为融化的冰川在奔流时发出了巨响。在流体的轰鸣中，我们的嘴巴动了，在说话，但实际上，我们只能看到嘴巴在动而听不到说了什么——我们看着对方的嘴巴，看到了它在说话，而我们什么都没听到并不重要，啊！以上帝之名，这并不重要。

而以我们自己之名，看到嘴在说话就够了，我们笑了起来，因为我们没去注意。然而，我们把这种听不到称作缺乏兴趣或缺乏爱。

但实际上我们说了！我们说出了空无。然而，一切都在闪闪发光，仿佛大滴眼泪并未从眼睛中掉落；因此，一切都在闪闪发光。

在这些空当中，我们以为我们会因变成其他人而欣慰。实际上，那是一种不成为其他人的巨大快乐：因为这样我们每一个人就拥有了两个人。当那被我们称作爱的空当结束时，一切都会结束；因为它会结束，所以它在沉重地颤动，以一种会终结在自身之中的重。我想起了这一切，就像透过水的颤动。

啊！难道我们原本并不是人吗？出于实际需要，我们才变成了人？我因此而害怕，就像你一样。因为蟑螂在看着我，用它的背甲，用它那具满是管子、天线和柔软水泥的残破的身子——而它是不容否认的真实，远比我们的词语更古老，它是不容否认的生命，直到那时，我依然不想要。

——那么——那么穿过这道万劫不复的门，我吃掉了生命，也被生命吃掉了。我明白我的国是在这一世界[①]。通过我内心地狱的一面，我明白了这一点，因为我在自身中看到了地狱的模样。

---

① 化用"我的国不属这世界"(《圣经·约翰福音》18: 36)。

因为我在自身中看到了地狱的模样。

地狱是那张噬咬并吃下血淋淋、活生生血肉的嘴，被吃下的人眼含欢愉地嚎叫；地狱是作为物质享乐的那种痛苦，痛苦的眼泪随着欢愉的笑声流淌出来。而从痛苦的大笑中流出的眼泪是救赎的反面。因为仪式面具，我看到了蟑螂的无情。我看到，地狱就是如此：是对痛苦的残忍接受，是对自身命运缺乏悲悯的庄严，是更爱生命的仪式而非自身——这就是地狱，在这里，吃掉其他人活生生脸庞的人在痛苦的快乐中打着滚儿。

生平第一次，我感受到地狱一般的贪婪，渴望拥有我从未有过的孩子：我希望我这满是欢愉的有机地狱所繁衍出的并非只是三四个孩子，而是两万个。我的未来生存于孩子身上，这才是我真正的现时，这样，不会中断的并非仅是我，而是我这个快乐的物种。没有孩子让我抽搐不已，仿佛面对不被满足的癖好。

那只蟑螂有孩子，而我却没有：蟑螂可以被压死，而我却注定永远不会死，因为如果我死了，哪怕只有一次，我就是真死了。我希望的不是死亡，而是永远的垂死，如同痛苦的极乐。我置身于地狱之中，愉悦穿透了我，仿佛快乐神经的低声嗡鸣。

而这一切——啊！我很害怕——这一切都发生在无所谓那宽广的怀抱中……一切都迷失于一个螺旋式的命运中，而这个命运却并不自我迷失。这个无垠的命运只由残忍的现时构成，而我，如同一只幼虫——在我最深的非人之中，因为直到那时，我真正的非人才从我这里逃脱——我与我们一起吞吃下我们柔软的肉体，仿佛幼虫。

并没有惩罚！这就是地狱：并没有惩罚。因为在地狱里，我们把惩罚变成了至大的愉悦，在这个荒漠中，我们把惩罚变成又一种笑中带泪的狂喜，在这个地狱中，我们把惩罚变成了对享乐的希冀。

那么，这就是变成人与希冀的另一面吗？

在这处地狱，对这恶魔般的信仰，我不负任何责任。这是对狂欢生活的信仰。地狱的狂欢是对中立的极端推崇。安息日的快乐是迷失于无调中的快乐。

依然令我恐惧的是，即便是无从惩罚的恐惧，也会被无止时间的深渊、被无限高度的深渊、被上帝那深沉的渊薮慷慨地

121

重新吸入，这是被一种无所谓的怀抱吸入。

它与人类的无所谓截然不同。因为那是一种兴趣盎然的无所谓，一种自动完成的无所谓。那是一种活力四射的无所谓。在我的那处地狱中，一切都是沉默的。因为笑声加入了无所谓的庞大，只有眼眸中无所谓之欢愉熠熠发亮，但是笑声在血液中发出，根本听不见。

所有的一切发生在此时，已是当下。但同时，因为上帝的伟大体量，此刻极尽遥远。因为那个巨大而永恒的体量，即便是已是当下，却也是遥不可及：就在蟑螂在衣柜中破裂的这一刻，它便远离了关注的无所谓的怀抱，那个会毫无惩罚地重新吸入它的怀抱。

宏大的无所谓——我内心中存在的就是这个吗？

生命的地狱般的伟大：因为我的身体也无从界定我，仁慈不会让身体来界定我。在地狱中，身体不再界定我，我把这唤作灵魂？活着不再是我身体的活着——我把这唤作非人的灵魂？

我的非人灵魂烧灼着我。星辰伟大的无所谓是蟑螂的灵魂，星辰是蟑螂身体脱出了轨道。蟑螂与我渴望一种我们无法拥有的和平？一种超越我们自身大小与命运的和平。正因为我的灵魂如此无限，以致不再是我，正因为它如此超越了我——因此我总是远离我自己，我知道它的遥不可及，就像星辰对我遥不可及。我扭动身体，想要企及围绕我的此时此刻，但是我依然与这一刻遥不可及。唉！对于我，未来都比已是当下更为接近。

蟑螂与我拥有地狱般的自由，因为我们的生命物质远比我们自身更大，我们拥有地狱般的自由，因为我自身的生命无法容纳在我的身躯之中，因此我无法使用它。大地比我更多地使用着我的生命，我比那被我称作"我"的东西大得多，只有在拥有世界的生命时，我才会拥有我。需要成群的蟑螂才能在世界上形成一个能稍微被感觉到的点——然而，仅凭一只蟑螂，仅凭它的生命关注，这唯一一只蟑螂就是全世界。

我灵魂中最无法企及的那一部分，我灵魂中不属于我的那一部分——正是那触碰到我与非我边界的事物，我将自己交付于它。我所有的焦虑都是这种无法逾越而又过于接近的接近。我更多的是我自身不是的一切。

突然，我握着的手抛弃了我。不，不是。是我松开了那只手，因为现在我必须独自行走。

如果我能够从生命的王国返还，我将再一次握住你的手，感激地亲吻它，因为它等待着我，等待我走完路途、瘦弱、饥饿、谦卑地回来：只是一点饥饿，只是一点点饥饿。

因为，我安静地坐在那里，我开始希望生活在自身的遥远中，作为我经历现时的唯一方式。而这一切表面看起来无辜，却将再一次成为一种享受，如同骇人的宇宙愉悦。

为了重新活过这一切，我松开了你的手。

因为这种享受中没有悲悯。悲悯是成为某人或某物的孩子——但成为世界是一种残酷。蟑螂彼此啃噬、杀戮，进入繁衍又互相吃掉，在一个永恒的入夜之夏——地狱是一个几近入夜的滚沸夏日。现时看不到蟑螂，现在从遥远处看着它，从高处察觉不到它，只能看到一处静寂的荒漠——现在完全想不到，在赤裸裸的沙漠中，有吉卜赛人在狂欢。

在那里，我们缩身为小小的豺狼，我们在大笑中吃掉彼此。在痛苦的——而又自由的——大笑中。人类命运的奥秘在于我们是宿命之物，但我们有自由去完成或不完成我们的宿命：是否实现我们的命运取决于我们自身。而非人的生物，比如蟑螂，只会完成它的完整周期，它从不犯错，因为无从选择。但是否自由地成为命定的我取决于我自己。我是我宿命的主人，如果我选择不去实现它，我将出离我那特有的活之本质。但如果我实现了我那鲜活而中性的核心，那么，在我的物种中，我将成为特有的人。

——但成为人可能变成一个理念，因额外添加而感到窒息……对于命定之人而言，成为人不应该是一个理念，成为人应该是一种方式，如同我，作为一个活生生的东西，自由地遵从那条活着的路途，从而成了人。我并不需要关照我的灵魂，它注定会关照我，我不需要为自己造一个灵魂：我只需要选择活着。我们是自由的，这就是地狱。但是有太多的蟑螂，仿佛是一次祷告。

我的国是在这一世界……我的国不仅是人类的。我知道。但是知道这一点会撒播生与死，我腹中的孩子将面临被生与死吃掉的危险，而没有一个基督教的词语拥有意义……但是有太多腹中的孩子，仿佛是一次祷告。

在那一刻，我还不明白第一次祷告的草图已经在我所进入且不想离开的幸福地狱中诞生。

在那个有老鼠、狼蛛和蟑螂的国家，亲爱的，如同圆润的血滴，欢愉一滴滴落下。

我完全沉溺于这可怕而无所谓的快乐之中，只有上帝的慈悲才能把我从中救出。

因此我欣喜若狂。我了解这藏于快乐黑暗中的暴力——我如同魔鬼一般快乐，地狱是我的极限。

地狱是我的极限。

　　我置身于一种平静而警醒的无所谓那全然的怀抱之中。那是一种无所谓的爱的怀抱，一种无所谓的醒觉的酣睡，一种无所谓的痛苦。那来自一个上帝，如果说我爱他，我却无法理解他对我有什么要求。我知道，他希望我和他一样，他将我等同于他，通过一种我无能为力的爱。

　　通过一种如此巨大而只能归属于无所谓之人的爱——仿佛我不是一个人。他想要我和他一起成为世界。他想要我人的神性，而这必须从剥离已建构的人的本性开始。

　　我迈出了第一步：至少我已经知道，成为人意味着动情，本性的极乐。而且，只是因为本质的异常，我们才不是上帝，恰如其他生灵是上帝，我们不是他，而是希望看见他。如果我们和他一样伟大，那么看见他也没有害处。一只蟑螂比我更伟大，因为它将生命奉献给了他，奉献如是巨大，它竟不知不觉间从无限而来，到无限而去，无从间断。

我迈出了第一大步。但是我发生了什么？

我堕入了看见、知道与感受的诱惑。我的伟大在寻找上帝的伟大，因而将我带入地狱的伟大。我无法理解他的组织，除非通过魔鬼般狂喜的抽搐。好奇将我从舒适中逐出——我找到了无所谓的全善之上帝，因为他既不坏也不好，我置身于一种物质之中，它是自身无所谓的爆炸。生命正在拥有一种宏大的无所谓的力量。这是一种专注于行走的宏大的无所谓。而我，我想与它同行，却被快乐困住，那种将我仅变成地狱的快乐。

快乐的诱惑。诱惑是直接从源头吃起。诱惑是直接从法则吃起。而惩罚是不愿停止去吃，是吃下自己，因为我也是可食用之物。我寻找万劫不复，如同寻找快乐。我寻找最狂欢的我。我再也无法休憩：我已经偷取了欢愉之王的那匹猎马。此刻，我比自己更糟糕。

我再也不会休憩：我盗取了安息日之王的猎马。如果我小睡片刻，那声嘶鸣的回音会将我吵醒。不前行是没有用的。在夜的暗黑中，喷气让我汗毛竖立。我假装睡觉，但是一片静寂中，马儿在呼吸。它什么都不说，只是呼吸、等待、呼吸。每一天都是一样：黄昏时分我变得忧郁，不禁沉思。我知道山上第一声鼓点将会带来黑夜，我知道第三声鼓点会将我卷进合鸣之中。

当第五声鼓敲响，我会在我的贪欲中昏厥。直到黎明，随着最后几声轻之又轻的鼓点，我会发现我倒在一条小溪边，旁边是那匹马巨大而疲惫的头颅，我不知道这是因为什么，也永远不知道我曾做了什么。

因为什么而疲惫？我们这些在快乐的地狱中奔跑的人做了什么？已经有两个世纪我未曾去过了。最后一次，当我从雕琢的鞍座下来，我感到如此巨大的人类悲伤，竟发誓再也不去。然而，那哒哒声依然在我心里。我说话、整理屋子、微笑，但是我知道那哒哒声依然在我心里。就像垂死之人，我心怀思念。我没有办法，只能任我前去。

我知道，在夜晚，当它召唤我，我便会去。我希望那匹马再一次引导我的思绪。正是和它，我学会了这一切。如果这个众犬齐吠的时间意味着思想。狗儿吠叫，我开始感到悲伤，因为我知道，我的眼眸已经亮起来，我要去到那里。夜晚，当它召唤我去地狱时，我便去了。我如同猫一般从屋顶上滑下。没有人发现，没有人看到。我现身于黑暗中，沉默不语，光辉熠熠。后面，五十三根笛子把我们追随。前面，一支单簧管为我们照明。再无其他让我知晓。

黎明，我看到我们筋疲力尽地倒在小溪边，完全不知道在黎明之前我们曾触犯什么罪行。我的嘴和它的蹄子上有血的痕迹。我们献祭了什么？黎明时，我将站在这匹沉默的马的旁边，听着教堂最早的钟声随水流去，听着笛子的残音在发间流淌。

夜晚是我的生命，黄昏了，幸福的夜晚是我悲伤的生命——偷吧，偷走我的马，因为我偷了又偷，甚至是黎明，从中诞生了我的预感：要速速偷走我的马，趁还来得及，趁还没到黄昏，趁着还有时间，因为偷马之时，我必须杀死国王，杀掉国王之时，我便偷取了国王的死亡。谋杀的快乐将我吞噬进愉悦之中。

我在吃掉我自己，因为我也是安息日的生命物质。

我在吃掉我自己，因为我也是安息日的生命物质。

难道圣人们所经历的诱惑就是这个吗？尽管那种诱惑远大于此。而圣或是非圣，成圣还是不成圣，又从何而来呢？面对沙漠中的这种诱惑，我，一个凡人，一个非圣，要么屈服，要么走出来，第一次作为活的生灵。

——听着，有一种东西叫作人的圣洁，那并不是圣人的圣洁。我害怕的是，连上帝都不理解人的圣洁比神的圣洁更为危险，凡人的圣洁更痛苦。尽管基督自己知道，人对他做过的事，人对自己做得更多，因此他才说："这些事既行在有汁水的树上，那枯干的树将来怎么样呢？"[①]

试探。现在我明白了何为试探。试探：意味着生命在试探我。但是试探：也意味着我在试探。试探可能会变成一种益发

---

① 出自《圣经·路加福音》23：31。

无法飨足的渴。

等等我：我将把你从我前往的地狱中救出。听着，听着：

因为无可宽宥的喜悦，我体内诞生了一种看似快乐的抽泣。这不是痛苦的抽泣，我之前从未听到过：这是我生命的抽泣，因为繁衍，它会四分五裂。在那处荒漠的沙砾中，我开始形成，以最早的羞涩献祭般的娇弱，仿佛是一朵花。我奉献了什么？我可以奉献自己的什么？——我，正在成为荒漠，我，求过什么？又有过什么？

我奉献了抽泣。我终于在我的地狱中哭泣。我使用的正是黑暗的羽翼，我让它汗水淋漓，为了我自己，我使用它，让它汗水淋漓——我就是你，你，沉默中的光芒。我并不是你，但是我自己是你。因此，我永远无法直接感受到你：因为你是我自己。

啊！上帝，我开始极度惊讶地理解：我那地狱般的狂欢正是人类的受难。

我又怎么能猜到这一切？如果我不知道人在痛苦时会发笑。那是因为我不知道人会这样痛苦。因此，我将我最深的痛苦唤作快乐。

在抽泣中，上帝到临于我，上帝现在完全占据了我。我将我的地狱奉献给了上帝。第一声抽泣将我那可怕的欢愉与我的餐宴变成了一种全新的痛苦：它如此轻盈，如此无助，仿佛我自身沙漠中开出的那朵花。此时流出的眼泪仿佛因爱而流。上帝从不曾被我理解，除非我这样理解：我断裂了，就像一朵花，初生时无法承受立起，看起来便像是折断了。

但是现在，我知道我的快乐就是痛苦，我问自己，是否要因无法承受我的人之本性而向一个上帝逃去。因为我需要一个不似我这般卑微的人，一个比我广阔得多的人，能够接受我的不幸，而不用使用悲悯与安慰——一个这样的人，这样的人！而并非如我，一个本质的检举者，并非如我，一个被我自己的爱与恨吓坏的人。

此刻，现在，一种怀疑令我震惊。上帝，或无论你被称作什么：我现在只请你帮我一个忙：但这一次你不要如往常一般隐晦地帮助我，这一次请你敞亮而公开地帮助我。

因为我需要确切地知道这一点：我正在感受我所感受的？还是我正在感受我希望感受的？还是我正在感受我需要感受的？

因为我想要的不再是理念的实现，我想要的只是成为一粒种子。即便播下种子之后，会重新产生理念，或是真实的理念，那将是路途的诞生；或是虚假的理念，那将是一种添加。我是否在感受我希望感受的？因为一毫米的差距是巨大的，这一毫米的空间可以通过真实来拯救我，也可以让我在此失去我所看到的一切。它很危险。人们太爱赞扬他们的感受。这和憎恶他们的感受一样危险。

我将我的地狱奉献给了上帝。亲爱的，我的残忍，我的残忍突然停了下来。突然之间，那同一处荒漠变成了被人称作天堂的那样东西模糊的草图。一处天堂的湿润。不是别的，正是那同一处荒漠。我非常惊讶，仿佛震惊于一道从空无中诞生的光芒。

我理解我经历的一切，理解那如地狱般贪心的核心，那个事物被称作爱吗？然而，那是中性的爱？

中性的爱。中性吹拂着。我正在接近我一生都在追寻的东西：那是最终的同一性，我曾称之为不可表达。照片中，它一直存在于我的眼睛里：一种不可表达的快乐，一种不知道是快乐的快乐——一种过于娇弱的快乐，相对于我那由厚重的概念构成的厚重的人的本性。

——我做出如此大的努力，向自己讲述一个没有词语的地狱。现在我要如何去讲一种爱？它什么都没有，只有一种感觉，在它面前，"爱"这个词是沾染尘埃的物事吗？

我所经历的地狱——怎么告诉你呢？——是一个从爱而来

的地狱。啊！人们认为罪来自于性。但那种罪是多么无辜多么幼稚！真正的地狱是爱的地狱。爱是体验更大的罪的危险——是体验污泥、堕落和最坏的快乐。性是孩子害怕的事。但是我该如何向自己讲述我现在知道的爱？

几乎不可能。因为在爱的中性中有一种连绵不绝的快乐，如同树叶在风中的嘈杂。我容身于墙上女子中性的赤裸中。同一种中性将我吞入有害而贪婪的快乐，正是在同一种中性中，我此刻听到了爱的另一种连绵不绝的快乐。上帝更多存身于树叶向风而起的中性喧嚣之中，而不是存身于我过去的人类祷告之中。

除非我能做出真正的祷告，而在别人和我自己看来，这仿佛黑魔法的神秘教义，中性的喃喃自语。

这种喃喃自语，没有任何人类意义，将是我的同一性触碰到事物的同一性。我知道，对于人类，这个中性祷告非常怪异。但是对于上帝，那将是：存在。

我被迫进入沙漠，以求怀着恐惧探知沙漠是活的，以求探知蟑螂是生命。我退缩了，直到知晓我最深的生命比人类更早——为此我鼓起魔鬼般的勇气，放弃了感觉。我必须不给生命赋予人类的价值，才可以理解广阔，上帝的广阔，远非人类所能相比。我曾祈求过更危险更禁忌的东西吗？我以灵魂涉险，我有勇气要求看到上帝吗？

现在我站在他面前，而我并不理解——我在他面前徒劳地站着，再一次面对空无。他给了我一切，就像给所有人，然而我想要更多：我想知道这一切。为此我出卖了灵魂。但是现在我知道我并未出卖给魔鬼，而是出卖给了上帝，而这更加危险。因为他让我看见。因为他知道我不知道看见了我之所见：解释一个谜题是重复那个谜题。你是什么？答案是：你是。你存在什么？答案是：你存在。我有能力提出问题，但没能力听取答案。

不，我连提问都不会。然而，从我出生，问题便在我身上累积。正因为我需要不断回答，我才不得不反向寻找它对应的问题。如是，我迷失于问题的迷宫，只能胡乱提问，期待其中一个问题能命中答案，这样我才可以理解答案。

就像一个天生失明的人，身边也没有人能看见，这个人根本不可能提出任何针对于看的问题：他不知道看的存在。但是，因为看是真实存在的，尽管这个人不知道或不曾听说，他会停住、不安而专注，不知道如何提问那个他不知道的存在——他会怀念那件本该属于他的事物。

他会怀念那件本该属于他的事物。

　　——不。我没有向你讲述一切。我依然想试试能否通过向自己讲述而逃脱一点点。但是只有当我面对自己的不理解而不感羞耻时，我的解放才会实现。

　　因为，我坐在床上，对自己说：

　　——他们给了我一切，但是看看这一切是什么！是一只活着但又垂死的蟑螂。之后我看向门锁。之后我看向衣柜的木料。我看着窗子的玻璃。你看看这一切是什么：是一块东西，是一块铁、一块沙、一块玻璃。我对自己说：你看看我曾奋斗的一切，这样才会拥有之前拥有的一切，我伏身爬行，直到门为我打开：那是我追寻的宝藏之门：你看看宝藏是什么！

　　宝藏是一块金属，是墙上的一块石灰，是一块存身于蟑螂的物质。

　　从史前时代，我便开始了在沙漠中的跋涉，没有星辰指引我，只有迷路指引我，只有误入歧途指引我——因疲惫的狂喜我几乎死去，因激情我闪闪发光，最终我找到了那个百宝箱。箱子里，那个隐藏的秘密，闪着荣耀的晶光。世界上最遥远的秘密，它浑不透明，但是那简单存在的辐射灼瞎了我的眼睛，它于荣耀中熠熠生辉，刺痛了我的眼睛。箱子里有一个秘密：

一块东西。

一块铁，一根蟑螂的触角，一块墙上的石灰。

我筋疲力尽地跪在这块东西之下，如地狱一般地尊崇。力量的秘密是力量，爱的秘密是爱——世界的珍宝是不透明的一块东西。

不透明映进我的双眸。我那千年行迹的秘密，狂欢、死亡、荣誉与渴望，最终我找到了我一直拥有的东西，为此我需要事先死去。啊！我太过直接，看起来竟似象征。

一块东西？法老的秘密。为了这个秘密，我几乎奉献了我的生命……

不止于此，远不止于此：为了拥有这个我此时依然不懂的秘密，我会再次奉献自己的生命。我以生命犯险，寻找那个晚于回答的问题。一个依旧隐秘的答案，即便其对应的问题已经揭晓。我从未找到人类给谜题的答案。但不止于此，远不止于此：我找到了谜题本身。我被给予了太多。我该拿给予我的东西怎么办？"不要把圣物给狗。"①

　　而且我甚至没有触碰到那样东西。我只是触碰到从我到生命结的空间——我置身于生命结控制与连结的震颤区内。生命结跟随我到来的震颤而震颤。

　　我尽可能地接近，直到停驻在一步之外。是什么阻止了这一步的迈出？是那不透明的辐射，同时来自那件东西和我。因为相似，我们彼此排斥；因为相似，我们不能进入对方。但如果这一步迈出了呢？

　　我不知道，不知道。因为那样东西永远不可能真正被触碰。生命结是一根手指在指着它——而那个被指着的东西，会如同一毫克镭一般，在寂静的黑暗中醒来。那时，会听到淋湿的蟋蟀的叫声。那一毫克的光无法改变黑暗。因为黑暗不可照亮。黑暗是一种存在方式：黑暗是黑暗的生命结，永远不会碰触一件事物的生命结。

　　对于我，那东西必须化约成围绕着不可触碰的东西吗？上帝啊！给我你所做的一切。或者你已经给过我了？难道是我不能迈出让你给我你所做的一切的那一步？你所做的就是我吗？我不能向我自己迈步，我自己就是事物与你。给我你在我体内

-----

① 出自《圣经·马太福音》7:6。

的所是。给我你在其他人体内的所是。你即是他，我知道，我知道，因为当我触碰时，我看到了他。但是他，那个人，小心保管你给他的一切，裹在一个生就让我触摸和看见的外壳中。而我想要的不仅仅是这个我同样热爱的外壳。我想要我爱你。

但是，除了外壳，我只找到谜题本身。因此，出于敬畏上帝，我浑身颤抖。

因为敬畏与尊崇存在的一切，我才瑟瑟发抖。

那存在之物，仅仅是一块东西，然而，我不得不用手捂住眼睛，对抗那样东西的不透明。啊！我对存在之物那缠绻而又暴烈的无意识超越了意识的可能性。我害怕如此多的物质——物质因关注而震颤，因进行而震颤，因固有的现时而震颤。存在之物如强烈的浪潮一般撞击着我这颗无可破裂的微粒，而这颗微粒在存在那静谧波涛的深渊中颠簸，颠簸但并不溶解，这颗种子般的微粒。

我是什么的种子？东西的种子，存在的种子，中性之爱波涛中的种子。我，人，我是一个胚芽。胚芽仅仅是有感觉的——这是它唯一的固有特性。胚芽会痛苦。胚芽贪心但聪颖。我的贪心是我最初的饿：我很纯洁，因为我贪心。

我所是之胚芽，也造就了这快乐的物质，即那样东西。那是一种满足于进行的存在，它深深地忙碌于进行，全部的进行在震颤。百宝箱里的那块东西是保险箱中的秘密。保险箱也是由同一个秘密制成，百宝箱里装着世界的珍宝，但是百宝箱也是由同一个秘密制成的。

啊！而我不想要这所有的一切！我憎恶我所看到的。我不想要这个由东西构成的世界！

我不想要。但我不能阻止我感觉到不透明和中性的贫瘠在我体内将我扩展开来：那样东西如同青草一般鲜活。如果这是地狱，那这也是天堂：由我进行选择。我可以是恶魔，也可以是天使；如果我是恶魔，那这就是地狱；如果我是天使，这就是天堂。啊！我遣派我的天使为我开路。不，不是我的天使：而是我人的本性与它的仁慈。

我遣派了我的天使，为我开辟前路，告诉石头我要到达，请它们磨平我的不解。

是我最温柔的天使找到了那块东西。他只能找到其所是。因为即便有东西从天上掉下来，那也是一块陨石，也就是一块东西。我的天使任我成为一块铁或一块玻璃的信徒。

但我必须阻止我给事物命名。名字是一种添加，妨碍与事物的接触。事物的名字是与事物之间的空当。人很愿意添加——因为赤裸的事物很无聊。

因为赤裸的事物很无聊。

啊！因此，我对无聊总抱有一种爱。以及一种持续的恨。

因为无聊是无味的，就像事物本身。而我并不够伟大：只有伟大的人才会爱上单调。接触无调的超音会带来一种无可表达的快乐，只有肉体在爱中才能容忍。伟大的人具有肉体的生命质量，他们不但容忍无调，而且渴望着无调。

过去，我构建自己的方式在于持续地将无调转成有调，将无限分割成一系列有限，而并没有意识到有限并不是数量，而是质量。而我的巨大的不安在于我感到无论有限的系列多么绵长，它都无法将无限的残余质量消耗殆尽。

然而无聊——无聊是我感受无调的唯一方式。而我只是不知道我之所以喜欢无聊，是因为我因它而痛苦。但是，从活着这个层面来讲，痛苦并非生命的尺度：痛苦是可怕的副产品，但无论它如何尖锐，都可以忽略不计。

啊！我早该意识到这一切！我，竟也拥有我隐秘而无可表达的主题。一张无可表达的面容令我着迷；并非高潮的时刻吸引着我。本质，我所喜欢的本质，正是它那震颤不止的无可表达。

——啊！我不知道该怎么和你说，因为我只有出错时才滔滔不绝，错误促成了我的讨论与思考。但是我要如何和你说，当我正确时，我所拥有的却只是沉默？如何与你谈起不可表达？

即便在悲剧之中，因为真正的悲剧在于无从规避的不可表达，那是它裸露在外的同一性。

有时——有时我们自己表现出不可表达——艺术如此，身体之爱亦如此——表现出不可表达即是创造。我们的内里如此幸福，幸福！因为并非仅有一种方式能接触生命，甚至可以使用否定！甚至可以使用痛苦，甚至可以使用几乎不可能——所有这一切，所有这一切发生在死亡之前，所有这一切甚至发生在我们清醒之时！有时还有无调的激化，这是一种深沉的快乐：激化的无调是飞翔的抬升——本质即是激化的无调，世界便这样形成：无调激化了。

看看那些叶子，多么葱郁，多么沉重，它们激化成了事物，多么盲目的叶子，多么葱郁的叶子。去感受一下，手中的一切都有重量，重量逃不出那只不可表达的手。不要唤醒完全不在其中的人，沉浸其中的人正在感觉事物的重量。重量是事物的一个证明：唯有有重量的事物才会飞翔。而且，能坠落的——天上的陨石——也只能是有重量的事物。

或者，这一切不过是因为我希望享有事物的词语？或者，这一切不过是我希望获得极致的美、理解与极致的示爱的高潮？

因为无聊是过于初始的幸福！正因为此，我才不能忍受天堂。我不喜欢天堂，我怀念地狱！我不配留在天堂，因为天堂没有人味！它有事物的味道，而生命之物没有味道，就像嘴里的血：当我割伤自己，吸吮血液，我吓坏了，因为我自己的血没有人味。

而母乳，母乳属于人，但母乳比人早很多，母乳没有味道，母乳什么都不是，我早已品尝过——就仿佛刻在雕像上的眼睛，空洞，没有表情，因为如果艺术是好的，那是因为它触碰到了不可表达，最糟糕的艺术是可以表达之艺术，僭越了那块铁，那块玻璃，那个微笑，那个尖叫。

——啊！握住我的手啊，如果我不需要那么多自我来构建我的生活，我早便已拥有了生活！

但是在人类的层面上，这一切意味着毁灭：活其所活而不是过自己的日子是一种禁忌。进入神圣的物质是一种罪。这种罪将遭受不可弥补的惩罚：胆敢进入这个秘密的人，不但会失去他的个人生活，更会搅乱人类世界的秩序。我本可以将我坚固的构建置于空中，即便我知道它们可以拆卸——倘若并非出于诱惑。诱惑足以让人无法抵达彼岸。

但是，为什么不留在内里，不去尝试抵达彼岸？留在事物内部是一种疯狂。我不想留在内部，否则我在之前逐渐变成的人将会失去基础。

而我并不想失去我的人之本性！啊！失去它让我痛苦，亲爱的，就像要放弃一具依然活着不愿死去的身子，犹如切成寸段的壁虎。

但现在已经太迟了。我必须比我的恐惧更广大，我必须看我之前变成的人是由什么构成的。啊！我不得不虔诚地相信那颗潜藏着我人之本性的真正的种子，我不该害怕看到人在内部形成。

我不该害怕看到人在内部形成。

——请再一次把你的手递给我，我不知道如何从真实中获得安慰。

但是——请和我一起感受片刻——对变成人这一过程的真实性的最大怀疑在于认为真实会毁灭这一过程。等等我，等一等：我知道我晚一点才会知道如何将这一切纳入日常实践，不要忘记我也需要日常生活！

但是亲爱的，请看啊，真实不可能是坏的。真实是其所是——而且，正因为它不容变化地是其所是，它应该成为我们最大的安全保证，就像渴望有父有母，如此命定，以至于成为我们的基础。这样，你明白了吗？为什么我会害怕吃下善与恶？它们之所以存在，正是因为这一点存在。

等一等我，我知道我在走向某种让我痛苦的东西，因为我正在失去其他东西——但是等一等我，我还要往前走一点点。

也许从这一切中会诞生一个名字！一个没有词语指称的名字，但是也许它会将真实根植进我人的形状之中。

不要像我这样害怕：看到浓浆中的生命不是坏事。这很危险，这是罪过，但这不是坏事，因为我们也由这种浓浆造出。

——听着，不要害怕：请记住我吞吃了禁果，但我并没有被存在的狂欢劈中。因此，听着：这意味着我将会自我拯救，远远大于没有吃掉那颗生命之果的自我拯救可能……听着，因为我已经潜入深渊，我开始爱上这处造就我的深渊。同一性可能是危险的，因为强烈的欢愉可能会变成单纯的愉悦。但是我此刻接受爱上这件东西！

这并不危险。我发誓这并不危险。

因为恩典永远存在：我们总会被拯救。所有人都在恩典之中。只有当一个人意识到他在恩典之中时才会被那种甜蜜劈中，感觉到自己在恩典中是一种天赋，而只有少数人敢于认识这一点。但是并没有迷失的危险，现在我知道了：恩典是固有的。

——听着。我只习惯于超越。对我而言，希冀是一种推迟。我从来没有放我的灵魂自由，我匆匆地将自己组织成一个人，因为失去形式太过冒险。但是现在我明白了真实发生在我身上的事：我如此不信，以致只编造了未来，我对存在之物相信得如此之少，以致我将现时推迟为一个应许，一个未来。

但我发现甚至连希冀都并非必要。

这太严重了。啊！我知道我再一次触及了危险，我应该对自己闭嘴。不能说希冀并不必要，因为这可能会变成毁灭的武器，而我很弱小。而对于你，那也会变成趁手的毁灭武器。

我可能不理解，你可能也不理解，放弃希冀实际上意味着行动，就在今日。不，等一等，这并不是毁灭，请让我理解我们自身。这是一个禁忌话题，并非因为它很邪恶，而是因为我们会承担风险。

我知道，如果我舍弃了曾经通过希冀而组织的生命，我知道，舍弃这一切——为了活着这个更为广阔的事物——舍弃这一切很痛苦，就像与一个尚未出生的孩子分离。希冀是一个尚未出生的孩子，只是应许，这让人伤心。

但是我知道，我想要而同时又不想过多压抑自己。这就像死亡的弥留之苦：死亡中有某种东西想释放自身，但同时又害怕舍弃身体的安全。我知道谈论希冀的缺失很危险，但是听着——我体内拥有深深的炼金术，它由地狱之火锻造。这赋予了我更大的权利：犯错的权利。

听着，不要害怕，不要痛苦：上帝的中性如此伟大，如此生机勃勃，以至于我无法承受神的细胞，我将它人形化。我知道，现在发现上帝拥有非人的力量是如此危险！——因为我知道这，啊，我知道这仿佛意味着请求毁灭。

仿佛未来不再存在。我们无能为力，我们是匮乏的。

但是请听我说，就一会儿：我说的并非未来，我说的是一个永久的现时。这意味着希冀不存在，因为它不再是一个推迟的未来，而是今日。因为上帝没有应许。他远胜于此：他是，并永不停止其是。是我们不能承受这永远当下的光芒，因此我们应许给以后，只是为了今时今日不去感受它。此刻是上帝今日的面容。可怕的是，我们知道我们会在生命中看到上帝。睁大眼睛，就会看到上帝。如果我将真实的面容推迟到我死亡以后——这太狡猾了，因为我宁愿死在我看见他的那一刻，这样，我会认为我将不会真正看见他，就像唯有在我睡熟时，我才有勇气真正做梦。

我知道我正在感觉的东西很严重，会把我摧毁。因为——因为仿佛我在给我自己报信，天国已是当下。

而我不想要天国，我不想要它，我只能承受它的应许！我从自己那里接收的消息宛如灾难，再一次接近于魔鬼。但是，这只是因为害怕。害怕。因为舍弃希冀意味着我不得不去活着，而不只是期许一种生活。而这是我最大的恐惧。之前我曾期盼。然而上帝是今日：他的国已经开始了。

亲爱的，他的国也属这个世界。我没有勇气再也不成为应许，我应许自己，仿佛一个成人没有勇气承认他是成人，因而不断地应许自己以成熟。

就这样，我正在知晓，生命的神圣应许正在实现，而且早已实现。从前，有那么三两次，我倏然看到而又马上移转了视线，这提醒我应许并非只对未来，它是昨日，是永恒的今日：但是这对我太过冲击。我宁愿继续请求，我没有勇气拥有当下。

而我拥有了。我将永远拥有。只要需要，我便拥有。需要永远不会终结，因为需要是我中性的固有特征。我造就了它，从请求和匮乏之中——匮乏是我以我的生命变作的生命。不去面对希冀并非意味着请求的毁灭！也并不是不要匮乏。啊！而是要增加，是无限地增加从匮乏中产生的请求。

是无限地增加从匮乏中产生的请求。

牛奶喷涌，不是为了我们，而是我们喝下了奶。花朵生长，不是为了被我们观赏或是让我们感受它的馨馥，而是我们观赏它、嗅闻它。银河存在，不是为了让我们知晓它的存在，而是我们知道它的存在。是我们知道上帝。我们从他那里汲取我们所需的一切。（我不知道我该把上帝称作什么，但是这样的称呼是可以的。）如果我们对上帝所知甚少，那是因为我们所需甚少：我们拥有的他对我们已然足够，我们只拥有能纳入我们体内的上帝。（我们怀念的并不是那个缺失的上帝，而是我们并不足够的自身；我们思念我们不可能的伟大——我无法企及的当下正是我的失乐园。）

我们因太少的饿而受苦，尽管这小小的饿已足以让我们感觉到欢愉的深深缺乏，倘若我们拥有更大的饿，会拥有更多欢愉。人只会饮用足够其身体所需的牛奶，而我们观赏花朵也只会看到眼神经过并得到满足的一刻。如果我们需求更多，上帝便会更多地存在。如果我们能做更多，就会拥有更多的上帝。

他允许。(他并不是为了我们而生，我们也不是为了他而生，我们与他同时存在。)他从不间断地忙于存在，就像所有的东西都在存在，但是他并不阻止我们与他联合，在一种如此流畅如此持续的内部交换中——就像活着的交换，我们和他一起，共同忙于存在。他，例如，他全然地使用我们，因为我们每一个人中，没有任何东西是他不需要的，他的需要无边无际。他使用我们，他从不阻拦人们利用他。地上的矿石不对不被使用而负责。

我们落后很多，我们不知道如何在交换中利用上帝——就像我们不曾发现牛奶可以喝。几个世纪之后，或是几分钟之后，也许我们可以惊讶地说：上帝一直都在！不在的是我——就像石油，当人们知道如何从地里提取它之时，我们便终于需要它了，就像有一天我们会叹息死于癌症的人没有机会使用当今的药物。显然我们尚不需要不死于癌症。一切都在。(也许另一个星球的生命已经认识到这一切，因此生活在一种对他们而言完全自然的交换中；而对于我们，目前的交换尚且是"圣洁"的，会完全搅乱我们的生活。)

牛奶，我们喝下牛奶。如果奶牛不让，我们就使用暴力。

（在生与死之中，一切都是合法的，活着总是一个攸关生死的问题。）和上帝一起，我们也可以通过暴力来开辟道路。而他自己，当特别需要我们中的哪个人时，会选择我们，并对我们施暴。

只是，我向上帝施予的暴力也必须是施予我自己的暴力。我必须以暴力强逼自己需求更多。为了令自己如绝望一般地巨大，我要变得空无，我要变得充满需求。这样我将触碰到需要的根脉。我体内的巨大空无将成为我存在的处所；我极度的贫瘠将成为一种巨大的意志。我必须以暴力强逼自己，直到一无所有，从而需要所有；当我需要时，我就会拥有，因为我知道给予请求更多的人是一种正义，我的要求是我的大小，我的空无是我的尺度。也可以直接向上帝施加暴力，以一种充满狂怒的爱。

而他会理解，我们这种如愤怒与杀戮一般的贪婪其实是我们神圣的生命一般的愤怒，是我们向自己施暴的尝试，是吃下远超能吃得下的食物的尝试，只为人为地增加我们的饿——在对生命的要求中，一切都是合法的，即使是人为的，有时，人为是一种巨大的牺牲，为了获得本质。

但是，既然我们的所是甚少，因此我们需要的也甚少，那么为什么我们不满足于甚少呢？因为我们预测了快乐。就像盲人摸索，我们预感到了活着的巨大快乐。

如果我们预感到了，也是因为我们不安地感到为上帝所使用，我们不安地感觉到我们以一种强烈而连续的快乐被使用着——而且，我们此刻的救赎是被使用的救赎，我们并非无用，我们被上帝密集地利用着；身体、心灵和生命都是为此而生：为了一个人的交换与狂喜。我们不安地感觉到我们每一刻都在被使用——但这在我们体内唤醒了也要去使用的汹涌期待。

而他不但允许，而且需要被使用，被使用是一种被理解的方式。（在所有的宗教中，上帝都需要被爱。）为了拥有，我们只需需要。需要永远是至高的时刻。就像男人和女人之间最冒险的快乐，当需要如此之大，人便仿佛置身于痛苦和震惊之中：没有你，我也不能活着，这时快乐便到来了。爱的显现是匮乏的显现——灵里贫乏的人有福了，因为那四分五裂的生命之国是他们的①。

如果我舍弃了希冀，我是在欢庆我的匮乏，而这是活着的最大重力。而且，因为我承认了自己的缺乏，这样，生命便唾手可得。很多人放弃了一切，只为追求更大的饥饿。

---

① 化用"灵里贫乏的人有福了！因为天国是他们的"（《圣经·马太福音》5∶3）。此处前半句和合本译作"虚心的人有福了！"，新译本作"心灵贫乏的人有福了！"。

啊！我失去了羞怯：上帝已在当下存在。我们已得报信，正是我那错误的生命向我报信，让我走向正确的生命。真福是那样东西持续的快乐，快乐及与逐渐增多的需求相接触构成了那样东西的进行过程。我所有骗人的斗争都来自我不想承认应许的实现：我不想要真实。

因为真实是承担自己的应许：承担自己的天真，重获从未意识到的味道：活着的味道。

活着的味道。

这是一种近乎于无的味道。因为事物非常脆弱。啊！仿佛品尝圣餐。

那样东西如此微弱，以至于我惊讶于它能被看到。有一些事物比这更微弱，却不可得见。然而，这一切的微弱就仿佛面庞对身体的意义：身体的动情如同一张人脸。事物有着自己的动情，仿佛人脸一般。

啊！我不知道如何质化我的"灵魂"。它并不是非物质，它是事物中最为脆弱的物质性存在。它是事物，只是我无法将它质化为可见的大小。

啊！亲爱的，事物很脆弱。人踩在上面，有一只人脚便已太重，有感觉便已太重。只有天真的脆弱或启引者的脆弱方可感觉那几近于无的滋味。之前我需要给一切调味，这样我便跳过事物，品尝着调味品的味道。

我无法感觉到土豆的滋味，因为土豆几乎是一种大地的物质；土豆如此易碎——因为我无力在土豆仅余大地味道的脆弱层面里生活下去——以至于我将人脚踩在它上面，压碎了它作为活物的脆弱。因为生命物质非常天真。

而我自己的天真呢？它让我疼。因为我也知道，在仅仅属于人的层面上，天真是一种残忍，就像蟑螂缓慢而无痛地死去时对自己的残忍；超越痛苦是最糟的残忍。我对此感到害怕，因为我极其有道德感。但是现在我知道，我必须拥有更大的勇敢：勇敢地拥有另一种道德，它毫无罪愆，我因此不理解它，我害怕它。

——啊！我想起了你，你是我最久远的记忆。我又一次看到你接好电线，安好插座，理好正负极，细心地呵护事物。

我不知道我从你那里学到了这么多。我学到了什么？我学会了观看一个人整理好电线。我学会了有一次看到你修理一把破椅子。你的物理能量是你最为脆弱的能量。

——你是我所认识的最古老的人。你是我永恒之爱的单调，而我并不知道。对你，我有一种在假日里方能感到的无聊。那是什么？那就像水在石泉中流出，岁月标记在石头的光滑上，苔藓被水流冲开，云挂在高处，心爱的人在休憩，爱停了下来，这是假日，蚊子静默地飞行。此刻唾手可得。我的解放慢慢无聊起来，丰裕，身体的丰裕不请求，也不需要。

我不知道那一切是纤弱的爱。看起来是无聊。确实是无聊。那是找寻一个玩伴，一种深入空气之中的愿望，与空气做最深的接触，空气本身不应被深入，它注定要保持悬浮。

我不知道，我记得那是假日。啊！那时我多么渴望痛苦：它可以让我分心，不再执着于我和你一起拥有的那个神圣而巨大的空；我，休憩中的女神；你，在奥林匹斯山巅。是幸福打了个大呵欠？远方接着远方，远方之后是更远——假日拥有空间的丰裕。平静能量的那种延展，我还不能理解。那记毫无渴求的吻印在心爱之人休憩中那漫不经心的额头上，那记深思熟虑的吻献给了那个已爱之人。那是个国庆假期，国旗在飘扬。

但是夜晚降临了。我无法忍受这缓慢的变化，一个东西缓慢地变成了同一个东西，只是增添了同样的一滴时间。我记得我和你说过：

"我有点胃疼，"我满足地呼吸着，说，"今天晚上我们干什么？"

"什么都不做，"你比我更明智地回答，"什么都不做，这是假日。"——那个细心呵护事物和时间的男人说。

深深的无聊——仿佛巨大的爱——将我们连在一起。第二天，一大早，世界向我开放。事物张开了羽翼，下午会变热，从那些经历了温热夜晚的事物所流出的清凉汗水中可以感受得到，就像在一所医院，病人活着迎来了清晨。

但对于我的脚，这一切太纤弱了。而我，我想要美。

但是现在，我拥有一种舍弃了美的道德。我将怀着思念向美告别。对于我，美是一个温柔的诱饵，是羸弱而又虔敬的我装饰事物的方式，以便忍受它的核心。

但是现在，我的世界是之前被我称为丑陋或单调的世界——现在它已不再丑陋或单调。我历经啃噬地面，吃下泥土，历经其中的狂欢，在道德的骇然中，我感到我所啃噬的土地同样感到了愉悦。我的狂欢其实来自我的清教主义：快乐冒犯了我，而我却从冒犯中得到更大的快乐。然而，我此时的这个世界，之前我会把它唤作暴力。

因为水的无味是暴力，玻璃的无色是暴力。暴力极尽暴力，因为它是中性的。

今天，我的世界是生冷的，拥有一个巨大的生命难题。因为，比起一颗星辰，今天我更想要星辰粗黑的根脉，我想要总是显得肮脏的泉眼，它真的很脏，而且一向无法理解。

我满怀痛苦，作别孩子的美——我想要更原始、更丑陋、更干枯、更艰难的成人，他已变成了种子般的孩子，不会在牙齿间碎裂。

啊！我要看一下是否也能抛舍正在喝水的马，那一切真美。我同样不想要我的多愁善感，因为它让一切变美了；我可以舍弃迤逦于云朵之间的天空吗？我可以舍弃花朵吗？我不想要美好的爱。我不想要柔和的光线，我不想要精致的面容，我不想要可以表达。我想要无可表达。我想要人之内的非人；不，这不危险，因为无论如何，人都是人，不需要为此而奋斗：想成为人听起来美好得过分了。

我想要事物的物质性。人的本性已被变作人类所浸染，仿佛这是必须的，而这种虚假的变作人类妨碍了人与人的本性。存在着一种更广阔、更不语、不那么好、不那么坏、也不那么美的东西。尽管在我们粗糙的手中，这种东西同样有变成"纯洁"的危险，我们的手是粗大的，盛满了词语。

我们的手是粗大的，盛满了词语。

——请耐心听我说，上帝并不美。这是因为他既不是结果，也不是终结，而有时人们觉得一个东西很美，仅仅是因为它已经完成了。然而，今天的丑再过几个世纪可能会被视为美，因为它完成了一个运动。

我不想要那个完成的动作，其实它并未完成，是我们出于愿望而将它完成；我不再想去享受那种轻松，不想喜欢上一个东西，只因为它表面上完成了，不会再让我害怕，这样便虚假地成了我的——我，我也曾是美的饕餮。

我不想要美，我想要同一性。美是一种添加，而现在我不得不抛舍它。世界并没有美的意图，在以前这会令我倍感震惊：这个世界上没有任何美学层，甚至没有善的美学层，在以前这会令我倍感震惊。事物远不止于此。上帝远大于善与它的美。

啊！告别这一切意味着巨大的幻灭。但是在幻灭中，应许实现了，通过幻灭，通过痛苦，应许实现了，正因为此，之前我们要先经历地狱：直到看到一种更深的爱的方式，这种方式不需要美的加成。上帝存在，所有矛盾都存在于上帝中，因此不会与他相矛盾。

啊！放下我曾经的世界令我痛苦不堪。放下是一种如此粗糙如此激烈的态度，若是一个人开口谈论放下，他应该被关起来，不让他说话——我宁愿认定我是暂时的解离，也不愿勇敢地承认这一切都是真实。

——递给我你的手，不要抛弃我，我发誓我也不愿意：我同样生活得很好，我是一个可以让你讲出来"G.H. 的生活与爱情"的那种女人。我无法用词语表达那是什么系统，但是我生活在一种系统中。仿佛我在胃痛这个事实中组织了自己，因为，倘若我不再胃痛，我便失去了有一天会摆脱胃痛的美好希冀：对我而言，我过去的生活是必须的，因为正是它的恶让我拥有对一种希冀的想象，倘若没有我所过的这种生活，我便不会知道这种希冀。

现在我冒着失去一切安宁的希冀的风险，以换取一个真实，它太过巨大，以至于我要用胳膊挡住眼睛，因为我无法直视一个如此当下的希冀——刚好早于我死之前！如此早于我死之前！我也在这种发现中燃烧：我发现存在一种道德，美在其中不过是模糊的表面。现在，吸引我并呼唤我的是中性。我无法用词语来表达，因此我使用了中性。我只有这种狂喜，它不再是我们所称的那种狂喜，因为它不是顶点。但这种没有顶点的狂喜表达了我所说的中性。

啊！与我及与你交谈正在遁入沉默。与上帝交谈是最为沉默之事。与事物交谈，是沉默的。我知道对你而言，这听起来很悲伤，对我也是，因为我依然对词语的调味上瘾。因此，沉默让我痛苦，仿佛一种褫夺。

但是我知道我必须褫夺自身：接触事物必须使用一种低语，为了与上帝交谈，我要汇集无关联的音节。我匮乏的原因在于我失去了非人的一面——当我变成人时，我被赶出了天堂。真正的祷告是非人的无言唱诗。

不，我不需要通过祷告上升：我需要被吞噬，变成一个震颤的空无。我和上帝的交谈必须没有意义！如果有意义，那是因为我错了。

啊！不要误解我：我没有从你那里夺走什么。我只是在向你提出要求。我知道看起来像是我在夺走你和我的人之本性。但其实正相反：我想要因为那初始而野蛮的一切而活，它竟令某些事物期望成为人类。我想要因为那最艰难的人的成分而活：让我因为中性之爱的萌芽而活，因为那一切正是从这个源头开始诞生，之后逐渐扭曲成为情感，导致核心因财富的添加而窒息，被人的爪子碾压。这是一种比我的自我要求更大的爱——这种生命如此浩大，以致不存在美。

我正在拥有这种坚硬的勇气，它让我痛苦，仿佛分娩时蜕变的肉体。

但并不是这样。我还没有讲完。

并不是说只缺少了我现在要讲的这一部分。我的这个自我讲述还缺少太多东西；比如，缺少父亲、母亲；我还没有勇气向他们致敬；缺少我经历了那么多屈辱，我省略了这些，因为只有那些不谦卑的人才会受辱，与其讲屈辱，不如讲我缺少谦卑；谦卑远不止一种感觉，而是一种通过最为基本的常识就能看到的真实。

想讲的实在太多，但有一件事，我必须说出。

（我知道一点：当讲述结束，我将会，不是明天，而是今天，我将会去"班比诺俱乐部"吃饭跳舞，我急切地需要娱乐，我需要变得不同。我将穿上那条新的蓝裙子，这样我看起来会瘦一点，人也亮一点，我会打电话给卡洛斯、若泽菲娜、安东尼奥，我不记得我察觉到两个男的中的哪个喜欢我了，或者两个都喜欢我，我要吃大虾，随便怎么做，我知道因为我要吃大虾，今天晚上，今天晚上我将重新恢复我的日常生活，普通而快乐的生活，我需要它，为了度过我余下的日子，甜美而轻快的微微庸俗的日子，我需要忘记，就像所有人。）

因为我还没有讲完。

因为我还没有讲完。

我没有讲的是，我坐在那里，一动不动，怀着强烈的恶心，是的，依然怀着恶心，依然在看着那只蟑螂棕色外壳上泛黄的白色物质。我知道，当我感到恶心，世界就会逃离我，我也会逃离自己。我知道对于活着，最为基本的错误是因为蟑螂而感到恶心。因为亲吻麻风病人而感到恶心是我对内里的第一生命犯下的错——因为恶心与我自身相矛盾，与我内在的物质相矛盾。

于是，出于对自己的悲悯，我不愿再去想那件事，而我还是想了。我实在无法阻止自己，我想了其实已经在想的事。

现在，出于对那只被我紧握的无名之手的悲悯，出于那只手无法理解的悲悯，我不愿让它跟我去往昨日我孤身前往的恐怖之地。

因为我突然知道，不但到了我已懂得我不应该再去超越的时刻，而且到了我真的不再超越的时刻。而且，我已经拥有了之前我以为明天才应该有的东西。我尝试珍惜你，但我做不到。

因为救赎存在于自身之中。而自身之中的救赎是指我将蟑螂的那团白色物质放入口中。

仅是想到了这点，我便以咬紧牙关的力量闭上眼睛，我紧紧咬住牙齿，再加点劲儿，牙就要在口中碎裂了。我的内脏在说不，我的那团物质拒绝蟑螂的那团物质。

我不再出汗了，我再一次全然干涸了。我试图为我的恶心辩解。为什么我会对从蟑螂身体里流出的那团白色物质感到恶心呢？难道我没有喝过白色的乳汁吗？那不也是液态的母体物质？当我喝下这样由我的母亲所构成的东西，难道我没有无名地将它称为爱吗？但是这辩解对我无济于事，只是让我继续咬紧牙关，仿佛长在汗毛竖立的肉里。

我做不到。

只有一种方法可以做到：如果我给自己下达催眠指令，然后，我便像是睡着了，如梦游一般行动——而当我从酣睡中睁开双眼，一切已经"完成"，就像一个梦魇，醒来时是自由的，因为是在睡觉时经历了最坏的事。

但是我知道我不该那样做。我知道我必须吃下蟑螂的那团物质，但完全是我在吃，是我的恐惧在吃。只有这样，我才会拥有反罪，突然之间，我觉得那就是反罪：吃下蟑螂的那团物质是反罪，杀掉我自己的罪。

反罪，但是代价是什么？

代价是从死亡感中穿过。

我站了起来，往前迈了一步，以并非自杀而是杀掉自己的决绝。

我又开始出汗了，现在我从头到脚汗水淋漓，黏黏的脚趾在拖鞋中滑动，我的头发根变软了，因为那种黏腻的东西，那是我新出的汗，一种我不熟悉的汗水，有着一种久旱的土地迎接甘霖时散发的气味。然而，正是那深深的汗水让我活了起来，我缓慢地遨游在我最古老的培养基中，汗水是浮游生物是元气是生命的食粮，我正在存在，我正在成为我。

不，亲爱的，这不好，不是人们所说的那种好。这是人们所说的那种坏。很坏，非常坏。因为我的根脉，只有现在我才品尝到的根脉，有着土豆的味道，掺杂着拔出时带上的泥土味。然而，这种坏味道有着一种奇异的生命恩典，只有当我再次感受时我才能理解，只有再次感受时我才能解释。

我又向前迈了一步。但是我没有继续向前，突然之间，我吐出了早餐时吃下的牛奶和面包。

因为这剧烈的呕吐，我全身颤抖不已，在那之前，没有任何想吐的预警，我对自己很失望，我很震惊，因为我没有力量完成那个在我看来唯一能将我的身体与我的灵魂连在一起的行动。

尽管如此，呕吐之后，我感到了平和，我的额头清凉，身体安宁下来。

更糟的是：现在我必须吃下那只蟑螂，但是我再也不能求助于之前的激越，那种激越曾如催眠一般作用于我，但我已经把它全数吐了出来。出人意料的是，经历了革命一般的呕吐，我感到我的身体如同小女孩一般简单。我必须如此，就像一个并非故意快乐的小女孩，吃下蟑螂的那团物质。

于是我又向前迈了一步。

我又快乐，又羞耻，仿佛从昏厥中醒来。不，那不是昏厥，更是一种眩晕，因为我依然站着，手还撑在衣柜上。眩晕让我失去了对时间的计算能力。但在思考之前，我已知道，当我隐匿于眩晕之时，"某件事已经发生了"。

我不愿意思考，但是我已知道。我害怕在口中感受我正在感受的一切，我害怕用手抚摸嘴唇察觉到它的遗痕。我害怕看那只蟑螂——现在它不透明的背部上的白色物质应该变少了……

我很羞愧，为了完成那件我不想知道到底怎么做完的事，我竟然陷入了眩晕与无意识——因为在做之前，我就已经抽离了我的参与。我从来都不想"知道"。

难道就是这样进行的吗？"不知道"——难道就是这样那件最深的事发生了吗？总得有一样东西表面上死去，这样活着的东西才能进行下去吗？我必须不知道我在活着吗？永远不从更大生活中逃避的秘密是像梦游者一样活着吗？

或者，像梦游者一样活着是最大的信任举动？在眩晕中闭上眼睛，永远也不知道什么发生了。

就像超越。超越是对过去、现在和未来的记忆。对于我，超越是唯一能让我企及事物的方式吗？因为即使吃了蟑螂，我也是通过超越吃掉它这个行为而实现的。而现在我只剩下了模糊的恐怖回忆，只有那个想法留存。

直到那记忆变得无比强烈，在内里，我全部的身体叫喊起来。

我的指甲蜷缩在墙上：现在我感觉到嘴里的恶心，然后我开始吐，我暴怒地吐出那样东西的味道，那是一种空无的味道，然而在我看来却几近甘甜，犹如某些花瓣，那是我自己的味道——我吐出了自己，但并未达到感到吐出了整个灵魂的地步——"你既如温水，也不冷也不热，所以我必从我口中把你吐出去。"①这是圣约翰写的启示录，这句话本来指的是我已经不记得的别的事，这句话从我的记忆深处浮现，正适用于我吃下的无味——因此我吐了。

这很困难：因为中性极有活力，我吐了出来，但它依然成了我。

于讶然中，我明白了我在破坏自己辛苦做成的一切，我明白了我在否定自身，这时，我停止了暴怒。唉！我只达到自己生命的高度。

我惊讶地停了下来，我的眼中盈满了泪水，我的眼泪在烧灼，却不流淌。我觉得我甚至不配让眼泪流下来，我缺少对自己最初的悲悯，那种允许人哭泣的悲悯，我将灼热的眼泪截流在瞳仁中，眼泪让我有了咸味，而我不配让眼泪流下。

但是，即便无法流淌，眼泪依然陪伴着我，以同情滋润着我，我安慰地低下头。像是从一场旅行中归来，我再一次安静地坐在床上。

我曾以为，将蟑螂的那团白色物质放入口中，是我蜕变成我自己的最好证明。这样我就能接近……神圣？或者真实？对于我，神圣就是真实。

---

① 出自《圣经·启示录》3：16。

170

神圣就是真实。

　　但是，亲吻一个麻风病人并不是善。这是自身的真实，是自身的生命——即便这也意味着麻风病人的拯救。但是首先是自己的拯救。圣人最大的恩惠是给他自己的，这并不重要：因为当他抵达了自身的广阔，便会有成千上万人因为他的广阔而变得广阔，并活在这种广阔之中，而他爱别人，一如他爱自己那无边的广阔，他以毫无悲悯的方式爱着自己的广阔。难道圣人想自我净化，是因为他感觉有必要爱上中性？爱上并非添加的一切，舍弃善与美。圣人的至善——在于对他而言，一切都一样。圣人燃烧自己，直到抵达中性之爱。他需要这一切，为了他自己。

　　于是我明白了，无论如何，对于其他人，活着是一种至大的善。活着就够了，通过自己，会诞生至大的善。完完全全活着的人是在为别人而活，活出自身广阔的人是在馈赠，哪怕他被关在一处与世隔绝的牢房中。活着与馈赠伟大至极，成千上万人受惠于每一个活着的生命。

——你是否痛苦于上帝的善是中性的连绵不断与连绵不断的中性？但是，我以前想要的奇迹，我称之为奇迹的东西，实际上是对断续与间隔的愿望，是对异常的渴望：被我唤作奇迹的正是连绵不断进行中的真正奇迹被中断的那一刻。但是，上帝的中性的善比非中性时更值得求助：径自前往并拥有，径自请求并拥有。

奇迹同样可以请求并拥有，因为连绵不断中有着不会造成中断的缝隙，奇迹是两个音符之间的音符，是 1 和 2 之间的数字。径自需求并拥有。信仰——是知道可以前往并吃掉奇迹。饥饿，本身就是信仰——而需要是我的保障，保证我总会得到满足。需要是我的指引。

不。我不需要拥有吃下蟑螂的那团物质的勇气。因为我缺少圣人的谦卑：我赋予吃掉它这个行为一种"至高"的意义。但是生命被区分为特性和物种，其法则是一只蟑螂只会被另一只蟑螂爱上并吃掉；而一个女人爱上了一个男人，这时，这个女人便正在体验她的物种。我知道我已经做了相当于体验蟑螂的那团物质的事——因为法则要求我用人的物质活着，而不是蟑螂的。

我明白，把蟑螂的那团物质放进嘴里，我并没有如同圣人舍身那般弃绝自身，而是再一次爱上了添加。添加更容易爱。

现在我不是为了自己而握住你的手。我把手递给了你。

现在我需要你的手，不是为了自己不害怕，而是为了你不害怕。我知道开始相信这一切时你将会面对巨大的孤独。但是你会有向我伸出手的时刻，不再是因为孤独，而是因为爱，就像我现在这样。像我一样，你不会害怕进入上帝那激情四溢的极度甘甜。孤独是仅仅拥有人类的命运。

孤独是没有需要。没有需要让人孤独，无比孤独。啊！需要并不让人画地为牢，一件事物需要另一件事物。只看小鸡走路就知道了：它的命运是由匮乏决定的，它的命运如同几滴水银汇聚了另外几滴水银，尽管如同每一滴水银，它本身也拥有一个完整而圆满的存在。

啊！亲爱的，不要害怕匮乏：它是我们至高的命运。爱远比我想象的更命中注定，爱如同匮乏一样根深蒂固，一种不断更新的需要保障着我们。爱已在，爱永在。只缺少那一下恩典——它被称为激情。

只缺少那一下恩典——它被称为激情。

现在我感觉到一种快乐。通过这只活生生的蟑螂，我正在明白我也是一个活生生的存在。活着是一种很高的境界，是唯有此刻我方能企及的事物。那是一种高度不稳定的平衡，我知道我无法长时间地了解这种平衡——激情的恩典极为短暂。

也许，成为如同我们这般的人类，只是一种特殊的情感过程，我们将其唤作"拥有人性"。啊！我同样害怕失去这种情感。迄今为止，我一直将我对生命的感觉称为生命。然而活着是另一回事。

活着是厚重的辐射性的无所谓。活着是不被最为细腻的情感所波及。活着是非人——最深的冥思是那种至空的冥思，以至于微笑仿佛从物质中透出。我还可以更脆弱一点，恍若更持久的状态。我是在谈论死亡吗？还是我在谈论死后之事？我不知道。我感觉到"非人"是一种伟大的真实，这并非意味着

"不人道"，正相反：非人是中性之爱通过赫兹波而辐射出去的中心。

如果我的生命变成了它自身，今天被我称为情感的东西将不复存在——它将会被唤作无所谓。但是我现在还无法掌握这种方式。就像几十万年之后，我们最终不再是我们感觉与思考的东西；我们将拥有更近似于"态度"而非思考的东西。我们将是直接表达的生命物质，我们不知道词语，并超越永远可笑的思想。

我不会"从思考走向思考"，而是从态度走向态度。我们将是非人——把它当作人最高的战利品。存在是超越于人。做人并不准确，做人是一种限制。未知在等待我们，但是我感觉这种未知包纳一切，是我们所渴望的真正的成为人类。我是在谈论死亡吗？不，我是在谈生命。那不是一种幸福的状态，那是一种接触的状态。

啊！不要以为这一切会让我恶心，我甚至觉得我的不耐烦讨厌极了。它就像天堂，我甚至无法想象可以在那里做什么，因为只能想象在那里思考与感觉，这是存在的两种属性，但我不能想象只是存在，而不需要其他一切。只是存在——这会让我非常怀念有事可做。

与此同时，我也有一点点怀疑。

因为，就像之前进入那可能的绝望让我惊骇不已，现在我怀疑我再一次超越着事物……

难道我正过分地扩展着事物，以便于超越那只蟑螂、那块铁和那块玻璃？

我认为不是。

因为我并没有将希冀化约为建构与模仿的简单结果，也没有否认存在值得期待的东西。我没有褫夺应许：经由巨大的努力，我只是感觉到希冀和应许每一刻都可以实现。这很可怕，我一直害怕被实现劈中，我总是觉得实现是终点——而没有计算不断诞生的需要。

也是因为我害怕无法承受简单的荣耀，而将它变成另一个添加。但是我知道——我知道——有一种荣耀的体验，其中生命有着至为纯正的空无味道，在荣耀中我感到了它的空。当活着实现时，人们会自问：就只是如此吗？答案是：不是只是如此，而是就是如此。

只是我依然需要小心翼翼，不能把这一切扩大得比它还多，那样，这一切就不复是它了。本质是一种刺激性的无味。我需要更多地"净化自我"，只为不去肖想发生之事的添加。过去，净化自我意味着一种残忍，反对我命名为美的一切，反对我命名为"我"的一切，而不知道"我"是我的添加之物。

176

但是现在，通过我最为困难的震惊——最终我走在通往反方向的路上。我走向了毁灭我所创建的一切，我走在丧失个性的路上。

我对世界抱有贪念，我有强烈而明确的欲望，今天晚上我将跳舞吃饭，我不会穿那条蓝裙子，而是要穿黑白的那条。但同时，我什么都不需要。我甚至不需要树木存在。我现在知道了一种什么都不需要的方法——不需要爱、自然、物体。它也是一种不需要我的方法。然而，我的欲望，我的激情，我与树木的接触——于我，它们依然像是一张吃着东西的嘴。

丧失个性如同剥离无用的个性——失去所有可以失去的东西，却依然存在。是一点点地从自身剥离，用力得如此专注，竟至感受不到疼痛，是如同脱离自己的皮肤，从自身剥离特征。特定于我的一切只是方式，令其他人看到我，令我肤浅地认识自己。就像那一刻，我看到那只蟑螂是所有蟑螂中的蟑螂，我也希望在我自身找到所有女人中的女人。

丧失个性是巨大的自我客观化。是人所能达到的最大外化。如果一个人经由丧失个性而抵达自身，那他可以认出另一个人，无论什么伪装：对待他人的第一步是在自身中找到所有男人中的男人。全部的女人是所有女人中的女人，全部的男人是所有男人中的男人，每个人都可以在任何地方自我展示出他认定的那个人，但只是在内在性中，因为只有某些人才能做到在我们中认出自己。

活着所凭靠的一切——因为它没有名字，只有静寂可以发声——正是我通过让我成为自己的广阔而逐渐靠近的一切。不是因为找到了名字，并将无可触摸的东西具体化——而是因为我将不可触摸命名为不可触摸，这样吹息愈发悠长，如同蜡烛的火焰。

去掉自身的英雄主义是一种在表面工作下起作用的真正的工作，生命是一项隐秘的使命。真正的生命如此隐秘，以至于即便是我，因为它而死，它也不可将密码相托，我死时犹不知为什么。那隐秘如此巨大，只有当使命完成之时，我才能于惊鸿一瞥中认识到我出生时即已接受了委托——每一个生命都是一项秘密使命。

去掉我自己的英雄主义正暗中破坏我的建筑，作为一种被忽视的天职，它实现于我缺席之时。最终向我揭示出我的生命没有我的名字。

我也没有名字，而这就是我的名字。因为我丧失个性到不再拥有我的名字，每当有人说"我"之时，我就会回应。

去除英雄主义是一场生命的巨大失败。并非所有人都可以失败，因为这很费劲，需要之前艰难地攀登，最终抵达能摔下去的高度——唯有当之前我已经建立了全部的声音，我才能触及丧失个性的静寂。我的文明是必要的，这样我才能攀抵跌落之地。正是通过声音的铩羽，我才第一次听到了自身的静寂、其他人的静寂和事物的静寂，并接受它，作为可能的语言。只有如此，才能接受我的本性，一并接受它的恐惧与折磨，那里，痛苦不是发生在我们身上，而是我们的所是。还要将我们的状态作为唯一可能的状态来接受，因为是它存在，而不是别的。因为体验它是我们的激情。人类的状态是基督的激情。

啊！但是为了抵达静寂，需要声音多多用力。我的声音是我寻找真实的方式；在我的语言之前，真实如同一个不曾思想的思想一般存在，但是因为宿命，我始终被强逼着必须去知晓思想在思想着什么。真实先于寻找它的语言，但是就像大地先于树木，但是就像世界先于人类，但是就像大海先于看见大海，生命先于爱，身体的物质先于身体，那么，有一天，语言也会先于静寂的掌控。

我会拥有，通过我的命名——这是拥有语言的辉煌时刻。但通过我的不可命名，我会拥有更多。真实是原材料，语言是我发现它的方式——或者发现不了它。但正是通过寻见与寻不见，诞生了我不知道的一切，我立即辨认了出来。语言是我作为人的努力。我命中注定必须去找寻，也命中注定两手空空地返回。但是——我连同不可言说一起返回。唯有通过我的语言的失败，不可言说才能最终属于我。唯有当我的建构出了错，我才能获得它没有做到的一切。

而且，试图抄近路，试图一开始就知道声音说不了什么，试图一开始就丧失个性，是完全没有用的。因为存在着路途，而路途并非只是一种行走的方式。路途是我们自身。对于活着，没人能够提前到达。十字苦路不是歧途，而是唯一的通路，只有通过它并连同它才能抵达。坚持是我们的努力，而放弃则是奖赏。一个人只有在体验过建构的权力之后，而且，尽管品尝过权力的味道，却宁愿放弃，这样才算得到了奖赏。放弃必须成为一种选择。放弃是生命中最神圣的选择。放弃是真实的人类瞬间。唯有它才是我的人的状态独有的荣耀。

放弃是一种启示。

放弃是一种启示。

我放弃了，我将成为人类——只有在我最糟的状态下，这才会被视为我的命运。存在要求我做出巨大的牺牲，那就是不要用力，我放弃了，这样，我这双羸弱的手掌握了世界。我放弃了，我贫瘠的人性中绽开了我所能拥有的唯一一点喜悦，人类的喜悦。我知道这一点，我浑身颤抖——活着让我如此震撼，活着剥夺了我的睡眠。

我抵达了可以跌落的高度，我选择，我战栗，我放弃，最终，我交付于自己的坠落，毫无个性，毫无自己的声音，最终完全无我——因为我所不拥有的一切才是属于我的。我放弃了，而当我的所是越少，我的所活便越多，当我失去越多的名字，便有越多人呼唤我，我唯一的秘密使命是我的状态，我放弃了，当我越不在意密码，我便越严守秘密，当我所知越少，渊薮的甘美便越是我的命运。因此，我爱。

我的双手交叉在胸前，我正感受着一种羞涩而柔嫩的喜悦。它几近空无，就像微风吹得一根小草轻轻颤动。它几近空无，但是我感觉得到我的羞涩在微微颤抖。我不知道，但是我在接近，怀着对某物的痛苦崇拜之情，怀着害怕之人的怯弱。我正在接近我所发生的最强烈的事。

难道比希冀更强烈？难道比爱更强烈？

我接近的东西，我认为是——信任。也许是这个名字。或者并不重要：也可以叫别的名字。

我感到我的脸在羞怯中微笑。或者并没有微笑，我不知道。我相信。

相信我？相信世界？相信上帝？相信蟑螂？我不知道。也许相信并不关乎人或事。也许我现在知道，我永远不能达到生命的高度，但是我的生命可以达到生命的高度。我永远无法企及我的根脉，但是我的根脉存在。我羞涩地任自己被一种甜美穿透，它令我害羞，却不令我局促。

啊！上帝，我感觉已被世界洗礼。我将那蟑螂的物质放入口中，最终完成那一微小的行为。

那并非如我之前所想，是至大的行为，并不英勇，也不神圣。但是，那一微小的动作是我一直缺乏的。我一直无力去做那微小的动作。那微小的动作去除了我的根。我，曾已行过半

182

程，终于迈出了开始的第一步。

　　终于，终于，我的外壳真正破裂了，我变成了无限。我是，因为不是。我是，直至行到我不是的终点。我是，我之不是的一切。倘若我不是，一切将在我之中；因为"我"只是世界暂时的抽搐。我的生命并非只有人类意义，它更广大——它广大无匹，以至于对于人类没有意义。对于这远比我广大的总体组织，在那之前我只察觉到它的零乱碎片。但是现在，我远远小于人——就像我此刻的交付，唯有当我全盘交付给那非我的一切、那非人的一切之时，我那特定的人类命运才会实现。

　　全然地交付，相信自己属于未知。因为我只能祈祷我不懂的东西。我只有看到事物的未知才会去爱，我只会加入我不知道的一切之中。而这才是真正的交付。

　　这种交付是唯一的不将我排除在外的超越。此时，我极尽广大，竟看不到我自己。我极尽广大，如同远方的风景。我是远方。在距我最遥远的山与最遥远的水中可以察觉到：同时性的现时不再令我害怕，在我最遥远的端点，我终于可以微笑，而不是至少要微笑。终于，我延展出去，超出了我的情感。

　　世界独立于我——这是我已做到的相信：世界独立于我，

我不明白我在说什么，永远不明白！我永远不会明白我要说什么。因为我如何说出而不让词语对我撒谎？我只能这样羞涩地说出：生命就是我。生命就是我，我不知道我在说什么。因此，我爱。

五个蟑螂故事（代译后记）

一九六四年，克拉丽丝·李斯佩克朵出版了《G.H. 受难曲》，这是一部关于"蟑螂"的小说，以第一人称"我"来展开叙述，是作家文学生涯中最重要的一部作品。小说颇具神秘性，被视为克拉丽丝·李斯佩克朵最难以解读的作品。但是，如果效仿克拉丽丝·李斯佩克朵另一篇"蟑螂小说"《第五个故事》（收入《隐秘的幸福》小说集）的结构，那么这个故事也许可以拥有五种不同的读解方式：

第一个故事：存在与虚无

G.H. 是一位业余雕塑家，住在大楼顶层的豪华公寓里。她是小说的叙述者，也是书中人物。她并没有透露真实姓名，而是自称 G.H.，即她名字的首字母。G.H. 归属于那个可以将自己的名字刻在行李箱上的群体，这些字母是她中产阶级光鲜亮丽生活的确凿证明。她将行李箱存放于走廊尽头的小房间里，那里是刚刚辞职的女佣的居所。为了维护中产阶级典型生活的整饬与有序，G.H.决定整理这个房间，然而，在关上衣柜门的那一刻，她压死了一只试图逃出的蟑螂，"一只很老的蟑螂，仿佛从远古而来"。这本是一件看似微不足道的事件，却成为G.H.展开一场本体论体验的契机。这场体验令她原有的世界轰然倒塌，将她带离日常生活的时间和空间坐标。

在对蟑螂的观察中，G.H.感受到一种不可抗拒的召唤，渴望与她所看到的那只被压扁的昆虫产生原型认同："蟑螂是纯粹的诱惑。纤毛，纤毛颤动着发出召唤。我也一样，我慢慢地化约成不可化约的我，我也一样拥有成千上万根颤动的纤毛，以这些纤毛，我在前行，我，原生动物，单纯的蛋白质。"G.H.渴望超越物质的界限，却不得不面对现实的残酷。这种愿望与现实之间的矛盾使她不断牺牲自己对"正常"生活的期望，追求更深层次的存在意义："如何解释我最大的恐惧正是关乎于：存在？然而并没有另一条路。如何解释我最大的恐惧正是活其所是？如何解释我无法忍受观看，只是因为生命并非如我所想，而是另一种样子——仿佛我之前知道什么是生活一般！为什么观看成了至大的无序？"这种剧烈而深刻的内心冲突，某种程度上，构成了一种现象学意义上的存在探索。

第二个故事：生与死，或世界的起源

G.H. 杀死了一只蟑螂。然而，她发现，那只蟑螂，尽管从中部切断，但依然活着。与这只虽濒死但又坚强活着的昆虫的对视造成了 G.H. 的痛苦："面对这只沾染尘埃的生物，它在看着我。拿走我看到的东西：因为我以如此痛苦如此骇然如此无辜的局促看到了那一切，我看到的是生命在看着我。"G.H. 的痛苦来自她直面的并非仅仅是蟑螂，而是死亡本身，从而激起了她对生命脆弱性的反思，也是人类命运的反思。

"蟑螂比我早了几千年，也比恐龙早很多。"考虑到蟑螂携带的时间特性，或许可以说，G.H. 杀死的不仅是一只蟑螂，而是线性历史时间。凝视着这只存续远比人类更久远的物种，G.H. 踏上了一场内心旅程，返回到数千年前："几百年又几百年，我跌落进一片淤泥中——那片淤泥，不是已经干涸的淤泥，而是湿润的依然鲜活的淤泥，那片淤泥中，以一种无可忍受的缓慢，我的同一性的根脉摇曳着。"G.H. 希望去追溯的不仅是自身存在的本源，更是万物的本源，即《星辰时刻》中言说的"前史之前尚有前史的前史"。

而且，蟑螂在遭受致命的一击之下依然顽强地活着，G.H. 因此意识到生命与死亡是一体的："我的生命也同死亡一样连绵不绝。生命太过连绵不绝，因此我们将它分为阶段，其中一个阶段我们称之为死亡。"生命隐含着死亡，而死亡又内在于生命，物质具有生机勃勃的自我决定能力。蟑螂流出了那团白色的"生命物质"既代表了生命的延续，也象征着死亡的不可避免。G.H. 无法抵御诱惑，在如受难一般的象征性仪式中，她吃下了这团物质，从此，生与死结合在一起，或者说，物质的消亡与精神的寻求之间建立了一种连接。而当死亡不是终结而是新生的起点之时，整个故事便成为在毁灭中创造的场景，正如 G.H. 说："恐惧将成为我的责任，直到完成变身，直到恐惧变成光亮。"

第三个故事：效法基督

G.H. 杀死了一只蟑螂。这只蟑螂流出了白色的"生命物质"。对于 G.H.，蟑螂与这团"生命物质"的存在既是危险又是诱惑，引发了她强烈的恐惧与欲望，这种矛盾的情感充分体现于书名中的"Paixão"（Passion）一词中。这个词具有双重意义：既可以是人的激情，也可以是宗教中的受难，二者统一于巨大的痛苦中所蕴藏的巨大的喜悦。这样，"吃下蟑螂"就变成了如同基督受难一般的牺牲与拯救的故事。实际上，这并不是克拉丽丝第一次"效法基督"。在短篇小说《效法玫瑰》（收入《家庭纽带》）中，克拉丽丝已经书写了一个以玫瑰为媒介的

"效法基督"的故事。主人公劳拉在少女时代已经读过了《效法基督》一书，但是其行为仅仅停留在机械的摹仿外部强加的"善"，最终导致了她的精神崩溃。根据基督教的宗教准则，人只有与基督相遇，才是真正通向基督。而与玫瑰的相遇，则让劳拉通过具体事物找到了一条通往基督的真正道路。玫瑰的完美是渴望寻找自己的女性面对的至大的诱惑，而由于"耶稣是最坏的诱惑"，玫瑰与耶稣基督合二为一。劳拉受到玫瑰诱惑，一心占有玫瑰，但是在对表面性完美的放弃中，才占有了自身，最终以严酷的自我牺牲，实现了自我的救赎。

基督的受难以复活为终结，而 G.H. 的受难暗示了个人的蜕变与内在的重生。克拉丽丝将强调信仰与救赎整体性的基督受难故事转化为 G.H. 的个体的心理探索，将一个线性的、有着明确的叙事结构与目的的故事转化为更为碎片化和内省的个人思考与叙述。G.H. 要踏上的是一段坎坷而痛苦的旅程，这场受难需要牺牲外在和表面，以便让内在和本质浮现出来。作为最接近宇宙起源的物种，蟑螂是 G.H. 这场受难之旅中理想的伴侣和媒介。一个人吞下从被压扁的昆虫体内流出的白色物质是痛苦的，但 G.H. 必须克服这种行为造成的厌恶和恶心，因为超越痛苦是她获得救赎与启示的前提："自身之中的救赎是指我将蟑螂的那团白色物质放入口中。"当她最终吃下这团白色物质之时，

189

生命物质与神圣发生了共融，这是一个完全缺席与完全在场的时刻，个体的虚无化最终使其真正被吸纳到"万物"之中。

第四个故事：不洁之物

G.H.压死了一只蟑螂。在克拉丽丝的定义中，蟑螂是一种"自然动物"。所谓自然动物，就是"既不是请来的也不是买来的动物"，这个定义下的动物主要为蟑螂和老鼠，显然是两种难以让普通人产生好感的生物，或者说，两种不可能融入人类价值体系的动物。对于克拉丽丝，与老鼠与蟑螂的接触意味着"触摸了不洁之物，犯了禁忌"。这种对于不洁之物的敏感，显然与克拉丽丝·李斯佩克朵的犹太人身份有关。人类排斥"不洁之物"，而"不洁之物"也拒绝驯化，因此形成了一种独特的生态，扰乱了人类与世界的秩序关系。从禁忌出发，克拉丽丝处理着人类无意或故意忽视的真实存在，意图获得出离人类中心主义的更大自由。

然而，克拉丽丝对于蟑螂和老鼠的关注，并非仅仅是倡导人类与动物和平共处的"后人类"主张，而且蕴含了对社会底层和被排斥个体的思考。在《星辰时刻》中，贫穷的玛卡贝娅与老鼠形成了类比关系，共同居住在脏污的阿克雷大街，成了叙述者罗德里格理想世界的对立面；而在G.H.的故事里，蟑螂代表被社会忽视或边缘化的个体，有罪的"不洁之人"，是克拉丽丝必须面对的"他者"。

一九六四年，克拉丽丝·李斯佩克朵发表了《米纳斯人》(*Mineirinho*)一文，主人公是一个名叫若泽·米兰达·罗萨的盗匪，因为出生于米纳斯州，得了个"米纳斯人"的诨名。"米纳斯人"犯案累累：抢劫、袭警、三次越狱，传说中有七条命，一九六二年五月一日凌晨，警察射出的十三发子弹结束了"米纳斯人"罪恶的一生。

这让克拉丽丝陷入了思考，即便是一个罪无可恕的盗匪，十三枪是不是也太过越界？她这样写道："我听到第一声和第二声枪响时感到安全的宽慰，第三声时我警醒起来，第四声让我不安，第五声和第六声让我感到羞耻，第七声和第八声让我心跳加速充满恐惧，第九声和第十声时我的嘴唇颤抖，第十一声时我惊恐地呼喊上帝的名字，第十二声时我呼唤我的兄弟。第十三声杀死了我，因为我就是那个他者。因为我想成为那个他者。"

尽管克拉丽丝从未明言，但是，一九六二年发表的《第五个故事》，五次杀死蟑螂的故事，应该与"米纳斯人"的十三次死亡有所关联，或许正因为此，克拉丽丝将欲语还休的第五个故事命名为"莱布尼茨和波利尼西亚之爱的超验性"。面对不洁之物与不洁之人，克拉丽丝依然希望给予他们一个爱的结局，杀戮的故事突转为她为她所爱的母鸡所写的《爱的故事》(收于《隐秘的幸福》)。

书写这只被压扁的蟑螂之时，克拉丽丝/G.H.或许想到了黑皮肤的女佣，她居住在储藏室中，那里是这座豪华公寓的贫民窟，她与蟑螂为伍，就像玛卡贝娅居住于脏污的老鼠横行的阿克雷大街上。克拉丽丝也许想到了自己的犹太人身份，尽管她今天已经居住在安全的居所中，但是千百年之间，她的同胞生活于"隔都"之中，而就在二十年前，无数和她拥有相同身份的人因清洁之名惨遭屠戮，就像这只即将被清理的蟑螂。

在对蟑螂与"米纳斯人"的同情和认同中，克拉丽丝/G.H.意识到自己的存在不仅仅是个体的，而是与他者的命运紧密相连。对他者的认同使她愿意承担更多的痛苦和牺牲，心甘情愿地吃下那只肮脏的蟑螂。这种对不洁者无差别的接纳，令她比拟了基督。

第五个故事：语言与寂静

业余雕塑家G.H.压死了一只蟑螂。而在《第五个故事》中，克拉丽丝一度将死去的蟑螂命名为"雕像"。雕像是静寂的，当克拉丽丝为她的女主角选择"雕塑家"这个艺术身份之时，就已经决定了她会使用静寂——而不是语言——去表达她的思想。更确切地说，不去表达她的思想。因此，这场受难也是语言层面的："在这场找寻开始之时，我完全不知道哪一种语言将慢慢地向我显现，以便有一天我能够抵达君士坦丁堡。"在叙述过程中，她反复遭遇语言的局限性，尽管十分努力，却发现根本无法完全传达。当声音一次次铩羽，她"第一次听到了自身的静寂、其他人的静寂和事物的静寂，并接受它，作为可能的语言"。

G.H. 的体验超越于语言，人类语言无法完全描述，在与终极真实的伟大相遇时刻，在书写的末尾，G.H. 她那宇宙间微不足道的"我"被传送到无限的"万物"，而她依然无法理解，依然不知道在讲什么："我永远不会明白我要说什么。因为我如何说出而不让词语对我撒谎？我只能这样羞涩地说出：生命就是我。生命就是我，我不知道我在说什么。因此，我爱。"

静寂，或沉默，或对理解和语言的放弃，是 G.H. 精神冒险的终点，这场冒险从恶心开始，最终达到绝对的狂喜，无差别地指向虚无，"唯有通过我的语言的失败，不可言说才能最终属于我"。

闵雪飞

2024 年 10 月

北京